納尼亞傳奇

黎明行者號

The Voyage of the Dawn Treader

C.S.路易斯 —— 著

林靜華 —— 譯

《納尼亞傳奇》是你永遠的朋友！

每一個小孩，與每一個心智仍舊年輕的大人都應該讀C.S.路易斯聞名於世、深受兒童喜愛的這部經典之作——《納尼亞傳奇》。我個人深感榮幸，也極欣喜向各位介紹這套《納尼亞傳奇》。書中會說話的動物、邪惡的魔龍、魔咒，國王、皇后、與王國陷在危險之中，矮人、巨人、和魔戒將帶領你進入不同的世界——就是納尼亞王國的世界。

經由神奇的魔衣櫥，進入了納尼亞王國，一個動物會說話、樹木會歌唱、人類與黑暗勢力爭戰的地方。與故事主角彼得、蘇珊、愛德蒙和露西做朋友，一同看他們是如何作生命中重大的決定，從小孩成長為王國裡的國王與皇后。認識全世界最仁慈、最有智慧、也最友善的獅子——亞斯藍，他是犧牲奉獻愛的化身，也希望成為你的朋友。

《納尼亞傳奇》系列叢書將對你的生命產生積極正面的影響，字裡行間充滿了智慧、溫馨與刺激，主題涵蓋了愛、權力、貪婪、驕傲、抱負與希望。書中描寫了善惡之爭，並為世界中所常見的邪惡提供了另一個道德出路。這套書不單是給兒童看的，也適合大人閱讀，而且值得一讀再讀，細細品味。這些書不僅會喚醒你的道德想像力，也將帶給你許多年的樂趣，我鄭重向您推薦《納尼亞傳奇》。

快加入這個旅程吧！一同來探索魔衣櫥裡的世界！我希望你會和我一樣喜愛這套書。

彭蒙惠

《空中英語教室》及救世傳播協會創辦人

Every child and every person who is young in heart should read C.S.(Clive Staples) Lewis?famous and beloved childrenís classics, The Chronicles of Narnia. With great pleasure and delight I introduce you to The Chronicles of Narnia. Talking animals, wicked dragons, magic spells; kings, queens and kingdoms in danger; dwarfs, giants, and magic rings that will whisk you to different worlds--this is the world of Narnia.

Journey through the magical wardrobe into the land of Narnia, a place where animals talk, trees sing, and humans battle with the forces of darkness. Become friends with Peter, Susan, Edmund, and Lucy as they make hard choices about life and mature from children into kings and queens. Meet Aslan, the kindest, wisest and friendlies lion in the world, the figure of sacrificial love, who also wants to become your friend.

The Chronicles of Narnia will make a posititve influence on your life. Witty, heartwarming, and exciting, they deal themes such as love, power, greed, pride, ambition, and hope. They portray the battle between good and evil and offer moral alternatives to the evil that is so often present in this world. These books are not just for children, but for adults as well. Read them, savor them, and then reread them again. These books will awaken your moral imagination as well as bring you many years of pleasure. I strongly recommend The Chronicles of Narnia.

Embark on this journey--discover the wardrobe.
I hope you will enjoy them as much as I have.

Most Warmly,

Dr.Doris Brougham
Founder/International Director
Overseas Radio and Television Inc./ Studio Classroom

獻給　傑弗瑞　巴菲爾

他要回到人群中，

和他們一起說話、一起談笑、一起分享。

他明白他現在是被人類摒棄的怪物。

一股驚駭的孤單占據他的心，

他終於明白其他人根本不是怪物，

他也開始反省自己是不是像他往常以為的那種好人。

目錄 CONTENTS

1

臥室裡的畫像

那是一艘船的畫像，一艘正對著你開過來的船。

它的船頭鍍金，形狀像一條張著大嘴的龍……

從前有個男孩叫尤斯提・克萊倫斯・史瓜，他的外表幾乎和他的姓一樣名副其實。他的父母平時叫他尤斯提，學校的老師卻都只管他叫史瓜。我無法告訴你他的朋友怎麼叫他，因為他半個朋友也沒有。他不叫他的爸爸、媽媽為「爸爸」和「媽媽」，而是直接叫他們的名字「哈洛」和「雅貝妲」。他們是思想非常先進、作風十分開明的父母。他們是素食主義者，絕對禁絕菸酒，而且穿一種很特別的內衣。他們家只有一點點家具和少少的寢具，窗子也永遠是開的。

尤斯提喜歡動物，特別是金龜子，不過都是些死了的、被釘在紙板上的金龜子。他還喜歡書，但是僅限於提供資訊的書，而且書上還要印有穀倉或胖胖的外國小孩在摩登學校運動的圖片。

尤斯提不喜歡皮芬家的四個表兄妹，彼得、蘇珊、愛德蒙和露西。但是知道愛德蒙與露西要來他家住時，還是很高興，因為他本性就是個喜歡支使別人、橫行霸道的人，他雖然身材矮小，個子還沒有露西高（更別提愛德蒙了），卻老是有辦法整他們，因為他是在自己家中，而他們只是客人。

愛德蒙和露西也不大情願住到哈洛姨父和雅貝妲姨媽家裡，但是一點辦法也沒有，因為他們的爸爸接受了一個工作，暑期需要到美國講學十六個禮拜，媽媽要跟著一起去，她有十年沒好好度假了。彼得這陣子一直在用功讀書準備考試，暑假一到，他就要到老寇克教授家去接受指導。四個孩子曾在戰爭那幾年，住在老教授家，在那裡經歷了許多有趣的冒險。假如老教授現在還住在那棟大房子，一定會要他們全都去住他那裡，可惜他後來變窮了，目前住在一棟只有一間客房的小屋子裡。此外，如果讓其他三個孩子都一起去美國，那也太花錢了，所以只有蘇珊跟著去。

大人都一致公認蘇珊是家中最漂亮的，但是她在學校的功課卻不好（雖然她是班上年紀最大的學生），媽媽說：「她去美國會比其他幾個小的好處多多。」愛德蒙和露西盡可能不去嫉妒蘇珊的好運，但是想到要去姨媽家過暑假，他們就很難過。「我更慘，」愛德蒙說，「妳至少還有自己的房間，我卻得和那個臭跩的傢伙尤斯提擠一個房間。」

故事就從一個下午開展。愛德蒙和露西找到一個難得的時刻聚在一起說話，他們談的當然是納尼亞，也就是屬於他們自己的神祕國度。我想大多數人都各有自己的神祕國度，但那多半是想像中的地方。愛德蒙和露西在這方面比其他人幸運多了，他們的神祕國度是真實的，他們已經去過兩次了，不是在遊戲中或在睡夢中，而是在活生生的現實中。當然他們是靠著魔法的力量去的，這是進入納尼亞的唯一方法。而且他們曾經得到許諾，或者說幾乎可以算是許諾，那就是將來有一天他們還能重回納尼亞王國。所以不難想像，他們一有機會便談起這件事。

這天下午他們在露西房間，坐在她的床邊望著對面牆上掛著的一幅畫。這是整棟屋子裡他們唯一喜歡的一幅畫，雅貝妲姨媽一點也不喜歡它（所以才把它掛在樓上的小房間裡），但這是一位她不敢得罪的朋友送的結婚禮物，所以她沒辦法扔掉它。

那是一艘船的畫像，一艘正對著你開過來的船。它的船頭鍍金，形狀像一條張著大嘴的龍。它只有一根船桅，上面掛著一張巨大的亮紫色方形船帆。船的兩邊船身（也就是金龍的兩翼伸展的地方）是綠色的。畫裡的龍船正在藍色的大海中乘風破浪前進，比較近的這一邊浪花捲得高高的，上面有白色的條紋和泡沫。它顯然正順著風高速航行，船身略微向左舷傾斜（對了，假如你打算把這個故事看下去，而你又不很清楚的話，那麼你最好先記住，當你面對一艘船時，船的左邊叫「左舷」，右邊叫「右舷」），燦爛的陽光就從那邊照射下來，所以那邊的海水是藍綠色的。相反地，另一邊海水因為在船身的陰影下，所以是深藍色的。

「問題是，」愛德蒙說，「**眼睜睜**看著納尼亞的船卻不能去，那不是更糟嗎？」

「有得看總比沒有好。」露西說，「它可是道道地地的納尼亞船。」

「還在玩你們的老把戲？」尤斯提說。他在門外偷聽到他們的談話，便笑嘻嘻地走進房間。去年他到皮芬家度假時，便偷聽到他們談論納尼亞的事，從此便喜歡拿這個嘲笑他們。他心裡當然認定這一切都是他們捏造的，既然他沒那麼笨到去捏造任何故事，自然就不能苟同這類的行為。

「這裡不歡迎你。」愛德蒙毫不留情地說。

「我想到一首打油詩，」尤斯提說，「大意是這樣的：

「**納尼亞**和**痴呆**，根本不押韻。」露西說。

「那叫諧音。」尤斯提說。

「別跟他扯些什麼諧音不諧音的，」愛德蒙說，「他故意要引妳開口，別理他，他自然就離開了。」

大多數男孩碰上這種狀況，都會識趣地走開或突然冒火，但尤斯提都不是，他仍然一個勁兒地笑，而且又開口說了。

「你們喜歡那幅畫嗎？」他問。

「天哪，快別讓他又開始扯些惹人厭煩的藝術話題了。」愛德蒙急忙說。但是老實的露西已經回答他：「是啊，我喜歡，我很喜歡。」

「這幅畫畫得很爛。」尤斯提說。

「那你出去好了，出去就看不到它了。」愛德蒙說。

「妳為什麼喜歡它？」尤斯提問露西。

「啊，是這樣，」露西說，「我喜歡它是因為這艘船看起來好像真的在動，海水看起來濕濕的很真實，海浪看起來又彷彿真的在上上下下波動。」

尤斯提當然知道答案，但他沒答腔，因為就在這一瞬間，他望著畫中的海浪，發現它們果然很像在上上下下波動著。他長這麼大只坐過一次船（而且最遠只到過懷特島），那一次還嚴重暈船。畫中的海浪這時又讓他開始感到不舒服了。他的臉色發青，勉強又看了一眼，誰知三人這時都驚訝得目瞪口呆。

他們看到的，也許會讓正在讀這本書的你們很難相信，不過即使你們親眼看見了，恐怕也難以相信。畫中的東西果然真的在動。它看上去可不是像電影裡面那樣；它的色彩簡直像真的，清清楚楚，完全是戶外的顏色。船頭在海浪中起起伏伏，激起陣陣浪花。緊接著又一陣大浪衝上來，船尾和甲板隨著浪頭升高，清晰可見。接著又一個浪過來，船尾不見了，換船頭升高起來。就在此刻，原本躺在愛德蒙旁邊床上的一本練習簿，忽然飄浮起來，往他背後的牆上飛過去。露西也覺得她的髮絲拂在臉頰上，就好像被風吹似的。確實起風了，只不過這陣風是從畫中吹向他們。剎那間，風聲夾著嘈雜聲——波濤洶湧的聲音和海浪拍打在兩側船身的聲音，還有船桅擺動的聲音和規律的風聲與水聲。尤其是那味道，那種狂野的、鹹鹹的味道使露西確信她不是在做夢。

「停止，」尤斯提害怕得大叫，「你們兩個在玩什麼花樣。停止，我要去告訴雅貝妲——哇！」

另外兩個人雖然有多一點的冒險經驗，但是他們和尤斯提「哇！」的一聲一樣，也「哇！」了一聲。因為這時忽然從畫裡面冒出一陣冷冰冰又特鹹的海水，不但打得他們一時喘不過氣，還把身上都淋濕了。

「我砸了你這個爛東西。」尤斯提大叫；就在這一瞬間，接二連三發生了許多事。尤斯提衝向那幅畫，對魔法略知一二的愛德蒙緊跟在後面，想警告他小心不要輕舉妄動。露西從另一邊抓住他，也被他拖過去。這時候不知是他們變小了，還是那幅畫變大了，尤斯提嚇了一跳想抽身，卻發現自己竟然站在畫框上，眼前不是玻璃，而是真真實實的大海，風和海浪打在畫框上，就好像打在海邊的岩石一樣。他一陣頭暈，趕緊抓住也跳上來站在兩邊的那兩個人。三個人又是一陣驚慌喊叫，就在他們以為已經站穩腳跟時，一陣凶猛的大浪打過來，把他們都捲進了大海中。海水灌進尤斯提口中，迅速淹沒他絕望的呼聲。

露西得感謝她在去年暑假努力學游泳。說實話，假如她當時用緩慢的自由式，情況會更好一些，而且，海水遠比畫像中看起來冷多了。不過她還是和每一個穿著衣服落入深水中的人一樣，努力抬起頭，踢掉鞋子，緊緊閉上嘴巴，睜開眼睛。他們離船身很近，她可以看見綠色的船身在他們上方隨波上下起伏，人們從甲板上望著他們。這時，誰都猜想得到，尤斯提慌張地緊緊抓住她，把兩人都拖進水中。

再度冒出水面時，她看見有個白白的東西跳進船邊的水中。愛德蒙這時候已經在她身邊，他踩著水，抓住一旁哎哎叫的尤斯提的手臂。這時候有一個人，他的面孔依稀有點熟悉，從另一邊伸手抱住她。船上傳來一陣歡呼，無數個人頭擠在舷牆上，還有人扔下繩索給他們。愛德蒙和那個陌生人將繩索套在她身上，不過接下來似乎又等了很久，等得她的臉色開始發青，牙齒也開始凍得打顫，但是事實上並沒有耽擱太久；他們只是在等適當的機會，免得她被拉上去時撞上船舷。儘管他們已經非常小心，當她終於在甲板上站穩腳步，身上滴著水又渾身發抖時，她的兩個膝蓋還是撞得瘀青了。緊跟在她後面被拉上去的是愛德蒙，接著是可憐的尤斯提，最後才是那個陌生人——一個比她年紀略大的金髮少年。

「賈——賈——賈思潘！」等露西喘過氣來，她立刻脫口大叫。可不正是賈思潘。賈思潘是他們上一次在納尼亞時協助登基的納尼亞少年國王。愛德蒙也立刻認出他來，三個人一時都高興地互相握手、拍肩膀。

「你們這位朋友叫什麼名字呀？」賈思潘幾乎是立即轉身對著尤斯提，面帶笑容愉快地說。但是尤斯提卻比任何一個和他同年齡的少年哭得更大聲，因為沒有什麼事要比全身都濕透更糟的了。只見他一個勁兒大叫大嚷：「讓我走，讓我回家。我不**喜歡**。」

「讓你走？」賈思潘說，「走去哪裡？」

尤斯提衝向船邊，好像這樣就可以看到畫框懸掛在海面上，或是看到露西的臥室。然而他看見的只是冒著泡沫的蔚藍海水，以及和海水連成一線的蔚藍天空。這時候如果他的心中一沉，我們也不能責怪他。他立刻感覺噁心想吐。

「喂，萊尼，」賈思潘對他的一個水手說，「把加了香料的葡萄酒端來給國王和女王陛下喝。泡過海水後，你們需要喝點酒暖暖身。」他稱呼愛德蒙和露西為國王與女王陛下，是因為他們和彼得與蘇珊在很久以前，早在他登基以前，都曾經當過納尼亞王國的國王與女王。納尼亞王國的時間和我們不一樣，假使你在納尼亞度過一百年，當你回到我們的世界時，仍然是你離開時的同一天、同一時刻。同樣地，假使你在我們的世界度過一個星期再回到納尼亞，你可能發現納尼亞已經過了一千年，或者僅僅一天，或者根本一點也沒變。若沒有親身經歷是絕對不會知道的。因此，當皮芬家四個小孩上次二度回到納尼亞時，情形就彷彿（對納尼亞人而言）預言中所說的，亞瑟王回到不列顛一樣。我的看法是越快回去越好。

萊尼端著酒壺和四個銀酒杯來了，酒壺裡的香料葡萄酒還在冒著熱氣呢。這正是他們需要的，露西和愛德蒙啜了一口葡萄酒，立刻覺得有一股暖流一直流到他們的腳趾。但是尤斯提喝一口酒後卻馬上苦著臉，立刻吐了出來，人也馬上覺得不舒服。他又哭起來，問說有沒有棗樹精提煉的維他命補品，又問那是不是用蒸餾水製造的，拚命說他無論如何一定要在下一站上岸。

「這就是你帶給我們的快樂航海伴侶，兄弟。」賈思潘苦笑著對愛德蒙小聲說，但他還來不及說下去，尤斯提又大叫起來：

「啊！噁！這是**什麼**呀？把牠趕走，可怕的東西。」

這次他總算為自己的大驚小怪逮到理由了，有一個很奇怪的東西從船尾的船艙出現，慢慢地向他們靠近。你可以稱牠為——牠確實也是——老鼠，可是那是一隻用兩隻後腿站立，而且站起來足足有二呎高的老鼠。牠的頭上戴著一只細細的金環，一隻耳朵在環上、一隻耳朵在環下，中間插了一根鮮紅的羽毛（由於老鼠的毛色很深，近乎全黑，因此這個裝扮的效果更顯得惹眼）。牠的左手按著一把劍的劍柄，這把劍幾乎和牠的尾巴一樣長。只見牠四平八穩的，完全不受船身顛簸的影響，神態莊嚴。露西和愛德蒙立刻認出「牠」就是老脾氣，納尼亞王國境內最英勇的「能言獸」，也是「老鼠長」。他是在第二次貝路納之役時贏得他的美名。露西很想和以前一樣，把老脾氣抱在懷裡搖一搖，但是她心裡明白，她再也不能享受這種樂趣了，這會嚴重傷害他的尊嚴。於是她一腳跪在地上和他說話。

老脾氣伸出左腿，右腿彎曲，鞠躬、親吻她的手，這才挺起身子，捻著他的鬍鬚，用他那尖細的嗓子說：

「微臣謹在此聽候女王陛下，以及愛德蒙國王陛下的差遣（說完，他又一鞠躬）。這趟光榮的歷險獨獨缺少女王陛下您的參與。」

「喂，喂，把牠趕走，」尤斯提嚷嚷說，「我最討厭老鼠了，而且最不能忍受會表演的動物，牠們又蠢又俗氣，而且，而且——多愁善感。」

「容我了解，」老脾氣瞪著尤斯提看了良久後對露西說，「這個沒禮貌的人是否受女王陛下您的保護？因為假如不是的話——」

這時，露西和愛德蒙都不約而同打了個噴嚏。

「我真笨，竟然讓你們濕淋淋地站在這裡，」賈思潘說，「下去換衣服吧，我把我的船艙讓給妳，露西，不過我們船上恐怕沒有女士的衣服，妳得暫時穿我的。帶路吧，老脾氣。」

「為了尊重女士，」老脾氣說，「個人名譽問題必須拋開，至少在眼前這一刻——」說著，他狠狠地瞪了尤斯提一眼，但是賈思潘不斷催促他們，不一會兒，露西走進船尾的艙門。才看一眼，她立即愛上這個房間——它有三扇正方形的窗子，望出去便是藍藍的大海，滾動的海水不斷往船尾的方向流去；一張桌子的三個邊圍繞著低矮的長凳，凳子上鋪著軟軟的坐墊；天花板上垂吊著一盞銀色的吊燈（她從它那精緻的手工，立刻認出是矮人的作品）；前方的牆上畫著一幅金色的獅王亞斯藍的畫像。這些景象都一閃即逝，因為賈思潘很快又打開旁邊一扇門，說：「這是妳的房間，露西，我拿幾件乾的衣服就走，」他在一個櫥櫃裡翻弄著，又說：「好讓妳換衣服。妳把換下來的濕衣服放在門外，我會叫他們拿去廚房烘乾。」

露西覺得非常自在，好像她已經在賈思潘的艙房住了好幾個星期般。她對船的晃動也很習慣，因為很久以前當她還是納尼亞的女王時，就常常在海上航行。船艙雖然很小，但是畫了許多色彩明亮的畫（有鳥、野獸、赤色的龍和許多蔓藤），而且打掃得一塵不染。賈思潘的衣服對她來說是大了點，但她有辦法弄合身一些。他的鞋子、拖鞋和高統橡皮靴都太大了，但是她不在乎打赤腳在船上走來走去。換好衣服，她從窗戶往外看著滾滾而去的海水，深深地吸一口氣。她知道他們將會有一段快樂的時光。

2

登上「黎明行者號」

它的確是一艘非常漂亮的船，水手們都稱它為「小姐」。

它的線條優美，色彩純淨，

每一根圓杆、繩索和索栓都製作得十分精細。

「啊，妳來了，露西。」賈思潘說。

「我們都在等妳。這位是我的船長垂尼安勛爵。」

一位黑髮男士單膝下跪，親吻她的手。在場的只有老鼠老脾氣和愛德蒙。

「尤斯提呢？」露西問。

「上床睡覺了，」愛德蒙說，「我們幫不了他的忙，對他好只會令他更難過。」

「而且，」賈思潘說，「我們有話要說。」

「啊呀，可不是，」愛德蒙說，「首先是時間，自從我們在你加冕前離開你之後，在我們那邊又過了一年，那麼在納尼亞是過了多久？」

「整整三年。」賈思潘說。

「一切都好吧？」愛德蒙問。

「你想如果不好，我能離開我的王國出海航行嗎？」賈思潘國王說，「一切都好極了。坦摩人、矮人、能言獸、人羊，還有其他都相安無事。去年夏天我們把這些愛惹麻煩的傢伙安置在邊境上，各得其所，現在他們都臣服了。我不在朝中的時候，有個很棒的攝政王替我料理國事，他就是小矮人川卜金。你們還記得他吧？」

「可親的川卜金，」露西說，「當然記得，再也沒有比他更好的人選了。」

「像海狸一樣忠心耿耿，女王陛下，而且英勇得像——像老鼠。」垂尼安說。他本來想說「英勇得像獅子」，但是他發現老脾氣的眼睛定定地注視著他，便改口說老鼠。

「那我們現在要開往哪裡？」愛德蒙問。

「啊，」賈思潘說，「這事說來話長，或許你還記得我小時候，我那個篡位的叔叔米拉茲為了除去家父的七個心腹（企圖奪去我的王位），竟把他們派去比寂島更遠的東海探險這回事。」

「是的，我記得，」露西說，「他們到現在都沒回來。」

「不錯，因此在我加冕那天，在亞斯藍的同意下，我發誓一旦在納尼亞建立太平盛世，便要親自出海航行一年又一天，尋找家父這些朋友，萬一他們已經不幸去世，要為他們報仇。他們的名字是——雷維林勛爵、柏恩勛爵、阿格茲勛爵、馬拉蒙勛爵、巫大仙勛爵、雷斯特馬勛爵，還有——哎，另外一個名字好難記。」

「路普勛爵，陛下。」垂尼安說。

「路普，路普，對啦。」賈思潘說，「這是我此行的主要目的，不過老脾氣還有一個更大的願望。」這時大家的眼光都投向老鼠。

「這個願望和我的志氣一樣高，」老脾氣說，「不過也有可能和我的身材一樣渺小。為什麼不乾脆向東方航行到世界的盡頭？在那裡會不會有什麼新發現？我想尋找亞斯藍的國度，這頭偉大的獅子每次都是從東方跨海而來。」

「這個主意倒不錯。」愛德蒙說，聲音怪怪的。

「可是你覺得，」露西說，「亞斯藍的國度是那種——那種坐船就可以**到達**的地方嗎？」

「我不知道，女士，」老脾氣說，「但是當我還在襁褓中時，有個森林裡的婦人，一個樹精，曾經對我提起這樣一首詩：

在水天連接之處，
風平浪靜水波不興，
且莫遲疑，老脾氣，
向最最東方勇往直前。

我到現在仍然不懂它的意思，但是這首詩一直在我腦海中盤桓。」

一陣短暫的沉默後，露西問：「那我們現在在哪裡，賈思潘？」

「船長的解說會比我說得更清楚。」賈思潘說。於是垂尼安取出地圖，在桌上攤開。

「這是我們的位置，」他用手指比劃，「或者說是我們今天中午的位置。我們從凱爾帕拉瓦宮出發後，便乘著順風偏北往格爾瑪的方向航行，第二天就到了。我們在港內停留一個星期，因為格爾瑪大公為國王陛下舉行一場馬上比武大會，陛下擊敗了許多騎士——」

「我自己也摔下來一、兩次，垂尼安，現在身上還有瘀青呢。」賈思潘插嘴說。

「——擊敗許多騎士，」垂尼安笑笑，繼續說下去，「我們覺得國王陛下如果能娶大公的女兒為妻，大公會更高興些，可惜沒有——」

「她兩隻眼睛斜眼，又有雀斑。」賈思潘說。

「噢，可憐的女孩。」露西說。

「我們離開格爾瑪，」垂尼安繼續說，「進入無風帶，只好用槳划了兩天，後來又起風了，結果在離開格爾瑪的第四天才抵達泰瑞賓西亞，但是他們的國王派人來示警，勸我們不要上岸，因為他們那裡正在流行傳染病，不過我們還是繞過海岬，在遠離城市的一個小港灣中下錨。接著我們等了三天才等到東南風，這才航向七島。第三天，我們遇上一艘海盜船（其實就是泰瑞賓西亞自導自演），但是它一發現我們武裝齊備時，只有對我們草草射了幾箭就逃之夭夭了——」

「真該追上去，登上他們的船，拿下那些臭小子問斬。」老脾氣說。

「——又過了五天，我們看見妙耳島，各位都知道，那是七島中最靠西邊的一個島，我們搖槳穿過海峽，在接近黃昏時進入布蘭島上的紅港，受到十分熱烈的招待，有許多食物和飲水。我們在六天前離開紅港，航行的速度快得驚人，所以我希望後天能看到寂島。這樣總計下來，我們已經在海上航行三十天了，距離納尼亞也已經有四百多海里。」

「到了寂島之後呢？」露西說。

「不知道，陛下，」垂尼安回答，「除非寂島的百姓能告訴我們。」

「那是不可能的事。」愛德蒙說。

「那麼，」老脾氣說，「到了寂島冒險才真正開始。」

賈思潘這時建議大家在晚餐以前先參觀一下船上的設備，但是露西的良知不允許她這樣做，於是她說：「我想我得去看看尤斯提。暈船是很痛苦的，要是我的珍貴果露還在就好了，我可以用來醫治他。」

「它還在呀，」賈思潘說，「我都忘了這回事了，上次妳沒帶走，我想它這麼珍貴，就把它妥善收好——可是拿來治暈船，不是太浪費了嗎？」

「只要一滴就好。」露西說。

賈思潘打開板凳下的一個櫃子，取出一個非常漂亮的小鑽石瓶，那正是露西所熟悉的珍貴果露，「物歸原主，女王陛下。」賈思潘說。於是他們離開船艙，走進陽光下。

甲板上，在船桅的前後方各有一扇長長的艙蓋，天氣晴朗的時候，這兩扇艙蓋總是開著的，好讓陽光和空氣能進入艙底。賈思潘帶著他們走下階梯，進入後艙。他們發現緊靠著船身有兩排划槳的座位，此刻陽光正從槳孔透進來，在地板上跳動。賈思潘的龍船當然不是那種利用奴隸來做苦工的恐怖交通工具。這些槳只是在沒有風的時候，或者船要進港、出港的時候才用得上，到那個時候，人人（除了老脾氣以外，因為牠的腿太短了）都要輪流划船。船的兩側槳手的座椅下必須空出來，那是給划船的人擱腳的，但是船身中央有個洞一直通到船底，裡面裝滿各類物品——一袋又一袋的麵粉、一箱又一箱的飲水和啤酒、一桶又一桶的豬肉、一大罐一大罐的蜂蜜，還有許多皮囊裝滿葡萄酒、蘋果、果仁、乳酪、餅乾、甘藍菜、培根等等。天花板上——其實就是甲板的正下方——掛著火腿和成串的洋蔥，以及下了班躺在吊床上休息的瞭望員。賈思潘跨過一個又一個板凳，帶著他們往船尾走；至少他是用跨的，至於露西是介於用跨的和用跳的之間，而老脾氣則是用跳遠的方式。這樣來到一個有門的隔間，賈思潘把門打開，帶他們進入船艙，這個船艙位於船尾部分的甲板艙正下方，裝潢當然沒有上面那個好。它的天花板很低，兩側往下削，以至於幾乎沒有地板。它雖然有窗子，窗子上也裝上厚厚的玻璃，但是不能開啟，因為這些窗子都在水面下，事實上此刻船一稍微傾斜，窗外的風景便一下子透進陽光，一下子又變成深綠色的海水。

「你和我就睡這裡了，愛德蒙，」賈思潘說，「你的親戚睡小床，我們兩個睡吊床。」

「我懇求陛下——」垂尼安說。

「不，不，我的同船夥伴，」賈思潘說，「我們都已經講好了。你和萊斯（和垂尼安搭檔的夥伴）負責開船，當我們輕鬆地歌唱、說故事時，你們卻得連夜照料一切，所以你們一定要睡樓上的艙房。愛德蒙國王和我在下面也一樣可以睡得很舒服。不過咱們的客人此刻好不好呢？」

尤斯提鐵青著一張臉縮在小床上，直問暴風雨何時才能轉弱。但賈思潘說：「什麼暴風雨？」垂尼安忍不住大笑。

「暴風雨！小主人，」垂尼安大笑說，「天氣好得很呢！」

「你是誰？」尤斯提生氣地說，「叫他走開，他的聲音讓我頭更痛了。」

「尤斯提，我給你帶來一樣東西，可以使你舒服一點。」露西說。

「噢，走開吧，別煩我。」尤斯提呻吟說。但是當他從鑽石瓶子喝下一滴果露後，雖然口口聲聲說很難喝（其實當露西打開蓋子時，房間內立刻充滿芳香的味道），但是一會兒後他的臉色便逐漸轉為正常。他一定有感覺比較好，因為他不再唉嘆暴風雨和頭疼；相反地，他開始要求立刻靠岸，說等船一進入港口，他會立刻向英國領事館舉發他們的「不當行為」。可是老脾氣問他什麼是不當行為，他又如何去舉發時（老脾氣其實想乘機激怒他，好跟他來一個單挑），尤斯提卻又答不上來，只回答他：「諒你也猜不出來。」最後他們總算好說歹說，使尤斯提相信他們正以最快的速度朝他們所知道最近的陸地航行。送他回劍橋——哈洛姨父住的地方——就像送他上月球一樣困難。尤斯提這才極不情願地答應換上乾淨的衣服上去甲板。

現在賈思潘要開始帶他們參觀這艘船了，不過他們其實已經看過大部分設施。他們走上船頭的水手艙，看見負責瞭望的水手站在龍頸部位的一間小樓內，從龍嘴往外看。水手艙內便是廚房，以及水手長、木匠、廚師和弓箭手活動的地方。你也許會奇怪為什麼廚房要設在船頭，炊煙應該在船尾才對，如果你是這樣想，那是因為你腦海裡的印象是蒸氣船，風是從船頭吹過來的，但是對於一艘帆船，風應該是從後方過來，所以凡是有味道的東西都應該盡量放置在船頭部位才對。他們又繼續爬上戰鬥桅樓。起初他們覺得船搖晃得很厲害，從上面看下去，甲板上的人和物都變小也變遠了。萬一從這裡掉下去，肯定是跌在船舷而不是落入海中。接著他們被引導到船尾，萊斯和另外一名水手正在輪班掌舵，舵輪後方是高高翹起的金色龍尾，裡面還有一圈小板凳。這艘龍船取名為「黎明行者號」，它和我們現在的任何一艘船比起來，或者和任何方桅帆船、快速大帆船、寬身帆船，甚至在「崇高的彼得大帝」領導下，由露西與愛德蒙共同統治的納尼亞王國所擁有的大帆船比起來，都可以說是小巫見大巫。不過自從賈思潘的祖先繼任王位之後，納尼亞的航海技術幾乎失傳。他的叔叔米拉茲篡位後派遣七位王公勛爵出海探險，還是跟格爾瑪購買的船隻，並且雇用格爾瑪的水手上船工作。

如今賈思潘又開始教導納尼亞人學習航海技術，「黎明行者號」便是他所建造的最好的一艘船。它雖然規模很小，從中央艙孔到船頭，以及中央艙孔到船尾的雞棚（露西在船上養雞）中間，幾乎毫無甲板可言，但它的確是一艘非常漂亮的船，水手們都稱它為「小姐」。它的線條優美，色彩純淨，每一根圓杆、繩索和索栓都製作得十分精細。尤斯提當然對任何東西都不滿意，不停地誇大郵輪、機動船與飛機、潛水艇多麼棒。（愛德蒙不服氣，嘀咕說：「他以為他是萬事通嗎？」）不過另外兩人都很喜歡「黎明行者號」。當他們參觀完畢回到艙尾用晚餐時，看見整個西邊的天空被巨大的夕陽照耀得紅豔豔的。露西隨著船身輕輕地搖晃，嘴唇上嚐到鹹鹹的味道，想到東方的世界邊緣有不知名的地方在等著他們，她的心快樂得無法以言語來形容。

至於尤斯提的感覺，最好還是用他自己的文字來形容。他們在第二天早上取回已經曬乾的衣服時，尤斯提立刻取出一本黑色的小記事簿和一枝鉛筆，開始寫日記。他總是隨身帶著這本小記事簿，並且在上面做記號，不過他並不重視日記的內容，只重視他做的記號，常常對別人說：「我已經做這麼多記號了，你呢？」現在他好像沒辦法在「黎明行者號」上做什麼記號了，所以他開始寫日記。下面是他的第一篇日記：

「八月七日　如果我不是在做夢，那麼我踏上這艘賊船已經有二十四小時了。可怕的暴風雨一直不見止息（幸好我沒有暈船）。大浪不斷從前方打來，好幾次船差點被打翻。其他人都假裝不理會，他們要不是故意假裝不怕，就是像哈洛所說的，一般人遇到最令人喪膽的狀況時，通常會對事實睜一隻眼、閉一隻眼。就憑這樣一艘小船便想出海，這真是天底下最蠢的事。船上的設備當然也簡陋不堪，沒有適當的休息室，沒有收音機，沒有廁所，沒有甲板椅。我昨天下午就被拖著到處參觀，賈思潘還要吹牛他的小玩具船有多棒，好像它是『瑪麗皇后號』似的。我試著讓他了解什麼才是真正的船，但他實在太笨了。『愛』和『露』**當然**也不支持我。我想『露』還太小，不懂什麼是真正的危險，『愛』則和其他人一樣，不停地巴結『賈』。他們還稱呼他為『國王』。我說我擁護共和政體，但他卻反問我什麼叫共和政體！他好像什麼也不懂。**不用說**，我被安排在船上最爛的船艙，簡直就是地牢。露西卻分到甲板上的一個房間，而且是一個人獨享，相較之下，那幾乎是船上最舒服的地方。『賈』說因為她是女生。我想告訴他雅貝妲說過的話，說那樣反而是在貶低女性，但他實在太笨了。我相信他一定看得出來，如果我再繼續窩在那個小『洞』裡，我一定會生病。可是『愛』說我們不能抱怨，因為『賈』把他的房間讓給了『露』，所以他也和我們一樣，一起擠在一個房間內。難道他還嫌這個地方不夠擠嗎？喔，差點忘了，還有那隻像老鼠的東西，幾乎見了人就要和人貼臉頰。其他人好像都很喜歡，一點也不在意，可是假如他敢來貼我，我鐵定會扭斷他的尾巴。還有，這裡的食物實在是難吃極了。」

尤斯提和老脾氣之間的緊張關係比大家所預料的提早爆發了。第二天晚餐時，大家都坐在餐桌前等候（在海上航行胃口會特別好），這時尤斯提衝進來，緊握著雙手，大聲叫嚷：

「那個小畜生差點把我殺了。我堅決要求立刻對他加以管束。我要控告你，賈思潘，我命令你將他處死。」

這時老脾氣出現了。他的劍離開劍鞘，他的鬍鬚憤怒地豎起，但他的態度仍然謙恭有禮。

「我請求各位原諒，」他說，「特別是女王陛下。要是早知道他會來這裡尋求庇護，我會等一段時間讓他改一改脾氣。」

「到底是怎麼回事？」愛德蒙問。

事情是這樣的：一向不怕船開得快的老脾氣，平時最喜歡坐在龍頭附近的舷牆，兩眼注視著東方的地平線，口中輕輕哼著紅矮人為他作的歌。不管船多麼顛簸，他從來不需要扶著任何東西，輕鬆地就能保持平衡。這或許是因為他的長尾巴下垂，伸進舷牆的甲板，所以才能輕鬆地維持平衡。船上的每一個人都熟知他這個習慣，水手們也都喜歡他坐在那裡，因為這樣他們值班瞭望時，可以多一個說話的對象。至於尤斯提到底為什麼會滑一跤，一路滾到船頭去（他還沒有習慣在船上保持平衡），就不得而知了。也許是他希望看到陸地，也或許是他想在廚房附近找找看有沒有什麼吃的。總之，當他看見那根長尾巴垂下來——或許那也是個天大的誘惑——他便想把它抓著，把老脾氣頭上腳下地甩他個幾圈，然後笑著跑開。起初這個計畫似乎非常完美，老脾氣的體重不會比一隻大貓重多少，尤斯提立刻就把他控制住。他的模樣也很滑稽（尤斯提這樣想），四腳張開，嘴巴張得大大的。不過，經歷過不少陣仗的老脾氣即使遇到危難也不會失去理智，更別提他的劍法。當你被人抓著尾巴在空中揮舞時，你是很難拔出劍的，但是老脾氣可不一樣，剎那間，尤斯提只覺得手上被狠狠刺了兩下，他不自覺地鬆手放開老脾氣的尾巴；只見老脾氣輕輕一個旋轉，彷彿從甲板彈起來，下一秒鐘他已經正面對著他，並且手上多了一根又長又亮，像烤肉棒那樣尖的東西，在尤斯提的小腹前一、兩吋的地方前後揮舞（對納尼亞的老鼠而言，這裡不算腰部以下，因為照規矩他們舞劍不能高過腰部）。

「停，停，」尤斯提驚慌地說，「走開，把那個東西拿開，它很危險。停止，我說。我要告訴賈思潘，我要叫他把你戴上口罩綁起來。」

「你為什麼不拔劍，膽小鬼？」老鼠吱吱地說，「拔劍來決鬥，否則我要把你打得鼻青臉腫。」

「我沒有劍，」尤斯提說，「我是個愛好和平的人，我反對決鬥。」

「我怎麼知道，」老脾氣收回他的劍，嚴峻地說，「你不是故意要讓我？」

「我不懂你的意思，」尤斯提揉著他的手說，「如果你連玩笑都開不起，我也沒必要對你多費唇舌。」

「那麼你就把這個，」老脾氣說，「和這個——當作是對你的態度的教訓——讓你學會對騎士——以及老鼠——和老鼠的尾巴——應有的尊重。」他每說一個字，就用那把輕劍在尤斯提身體的兩側打一下。這把輕劍又細又長，是用矮人鍛鍊的鋼鐵鑄造的，而且像白樺樹枝那樣柔軟。尤斯提就讀的學校是一個沒有體罰的學校（想也知道），因此這種教訓對他來說相當陌生。所以他才會拔腿就跑（雖然他還沒學會在船上保持平衡的技巧），不到一分鐘，他已經跑過甲板，衝進船艙——老脾氣也在後面窮追不捨。尤斯提還覺得那根輕劍彷彿也是滾燙的，想必是被感覺燒燙的。

當尤斯提得知每個人都贊成決鬥，賈思潘主動要借他一把劍，垂尼安與愛德蒙甚至討論他是不是應該要讓一點，因為他的身材比老脾氣要大多了。這時候便知問題不難解決了。尤斯提只好氣呼呼地道歉，跟著露西去洗手包紮，然後回到他的小床，小心翼翼地側身躺下。

3
寂島

我可以證明給您看我就是賈思潘，賈思潘國王之子，
納尼亞的合法國王，凱爾帕拉瓦宮的領主，
以及寂島的皇帝。

「看見陸地了！」船頭瞭望的人喊道。

露西本來在桅樓上與萊斯說話，這時立刻爬下階梯跑過去，愛德蒙也跑了過來。他們發現賈思潘、垂尼安還有老脾氣早已在船頭。這天早上天氣很涼，天空灰濛濛的，大海呈深藍色，海面上浮著一層薄薄的白色泡沫，距離船頭不遠的地方，可以看到寂島群島中最近的菲力馬島像一座矮矮的綠色山丘冒出海面，再過去不遠的灰色山坡是它的姊妹島多恩島。

「菲力馬島還是老樣子！多恩島也是！」露西拍著手說，「噢，愛德蒙，我們好久沒見到它們了！」

「我始終不明白它們是如何成為納尼亞王國的一部分，」賈思潘說，「是彼得大帝征服它們的嗎？」

「喔，不是的，」愛德蒙說，「它們早在我們之前——在白女巫時代——就已經是納尼亞的國土。」

（順便說明一下，我也不知道這些遙遠的島嶼是如何成為納尼亞王國的國土；假如我知道了，而且故事又很好聽，或許我會將它寫在另一本書中。）

「我們要在這裡登陸嗎，陛下？」垂尼安問。

「我想菲力馬島不是一個理想的登陸地點，」愛德蒙說，「在我們那個時代，島上幾乎沒有人居住，現在看起來好像也還是一樣。大部分的人都住在多恩島，少部分住在阿夫拉島——就是第三個島，現在還看不到。他們只在菲力馬島上牧羊。」

「那我們得繞過海岬，」垂尼安說，「然後在多恩島登陸，這樣就必須搖槳過去。」

「真可惜不能在菲力馬島上岸，」露西說，「我好想再上去走一走，那裡好安靜，有許多青草地和紅花草，還有輕柔的海風。」

「我也很想伸伸腿，」賈思潘說，「這樣好了，我們何不乘坐小船上岸後讓它回來，然後我們走過菲力馬島，再讓『黎明行者號』繞到島的另一邊來接我們？」

要是賈思潘當時能有他後期的豐富經驗，就不會這樣提議了；然而當時這似乎是個很好的主意。

「啊，那就走吧。」露西說。

「你也來吧？」賈思潘對尤斯提說。尤斯提也來到甲板上，兩隻手仍紮著繃帶。

「只要能離開這艘爛船，什麼都好。」尤斯提說。

「爛船？」垂尼安說，「你什麼意思？」

「在我們那個文明國家，」尤斯提說，「船隻都很大，大到你在船上都不會感覺是在海上。」

「那你還是上岸好了。」賈思潘說，「請你讓他們把小船放下來好嗎，垂尼安？」

現任國王、老鼠長、兩位皮芬兄妹以及尤斯提，都坐進小船划向菲力馬島海岸。當小船放下他們又划回去時，他們都轉身回頭，心裡很詫異「黎明行者號」看起來竟然是那麼小。

露西光著腳，因為她在涉水上岸時把鞋脫下來，不過光腳走草地並不難走。起初走在草地上會覺得一腳高、一腳低，這是從海上登陸的人通常會有的感覺，不過能夠再度上岸，聞到泥土與草地的芳香，那種感覺真是愉快。露西發現她的腳踩在沙上的觸感也很舒服。旁邊有一隻雲雀在唱歌。

他們往島內走去，先爬上一處相當陡峭，但不很高的山坡，在山丘頂上他們回頭望，看見「黎明行者號」彷彿一隻巨大的發亮的昆蟲，正搖著槳向西北方緩緩爬行。接著他們走下山坡，就再也看不見它了。

多恩島現在就在他們的前方，與菲力馬島中間隔著大約一哩寬的海峽。它的左後方便是阿夫拉島。多恩島上的小鎮那羅港現在可以看得很清楚了。

「嗐，這是什麼？」愛德蒙忽然說。

就在他們要下去的綠色山谷中，有六、七個長相凶惡的人坐在一棵樹下，每個人身上都帶著武器。

「別告訴他們我們是誰。」賈思潘說。

「請問陛下，為什麼？」老脾氣說。他正舒服地坐在露西的肩膀上。

「我忽然想到，」賈思潘回答，「這裡的人已經很久沒有和納尼亞接觸了，他們說不定還不知道我們在統治他們。在這種情況下讓他們知道我們是國王恐怕不太安全。」

「我們有劍呀，陛下。」老脾氣說。

「是的，老脾氣，我知道，」賈思潘說，「可是假如必須重新征服這三個島，我寧可率領更多軍隊再來。」

當他們快接近這群陌生人時，其中一個黑頭髮的大聲說：「各位早安。」

「各位早安，」賈思潘說，「寂島這裡還有總督嗎？」

「當然有，」那人說，「甘帕斯總督，他的辦公室在那羅港。不過你們得留下來和我們喝酒。」

賈思潘和其他人雖然都不喜歡這些新朋友的長相，但還是謝謝他們，於是全部人都坐下來。但是他們還來不及把杯子湊近嘴邊，剛才那個黑頭髮的漢子便朝同伴點點頭，剎那間，五個人已經被這群重武裝的粗漢團團包圍。他們雖然經過一番抵抗，但還是敵不過這群人，很快地都被迫繳械，兩隻手也被反綁在背後，只有老脾氣奮力地扭動，用力咬抓他的人。

「小心點，塔克，」帶頭的說，「別傷害牠，牠一定可以賣到一大筆錢。」

「膽小鬼！懦夫！」老脾氣吱吱叫，「有種的話把劍還給我，放開我。」

「哇！」奴隸販子（他其實就是個奴隸販子）說，「牠會說話！我從沒見過這樣的動物。牠如果賣不到兩百枚新月幣，我頭給你。」卡羅門新月幣是那一帶地區的主要貨幣，一枚新月幣相當於三分之一英鎊。

「原來你們是這種人，」賈思潘說，「綁匪兼奴隸販子。希望你自己能引以為榮。」

「哎呀呀呀，」奴隸販子說，「你別跟我嚼舌根了，你放輕鬆，大家都輕鬆，不是嗎？我可不是鬧著玩的，我和大家一樣要過日子呀。」

「你要帶我們去哪裡？」露西好不容易開口說。

「去那羅港，」奴隸販子說，「明天有市集。」

「那裡有英國領事館嗎？」尤斯提說。

「有什麼？」那人說。

但是不等尤斯提解釋，那人又說：「我懶得跟你們囉嗦了，這隻老鼠好對付，但是這個傢伙話太多。咱們走吧。」

於是四個人被綁在一起，雖然不殘暴，但是綁得很牢。一行人往海岸的方向走去。老脾氣被抱著，一被恐嚇要把他的嘴巴封起來後，已經不再咬人，但是他開始喋喋不休地罵，露西實在不懂怎麼有人能夠忍受一隻老鼠這樣罵他，何況又是一個奴隸販子。但是這個奴隸販子並不以為忤，每當老脾氣說累了，停下來喘口氣，他便說：「繼續說下去。」偶爾說一句：「說的跟唱的一樣好聽。」或者：「我的天，真不敢想像牠到底知不知道牠在說什麼！」或者：「牠是你訓練出來的嗎？」老脾氣氣得要命，到後來他根本就不想開口了，於是就此默不作聲。

走到面向多恩島的海邊時，他們看見一座小村莊，再過去一點的海灘上停泊著一艘長船，一艘髒兮兮的、看上去像從泥地中拖過的船。

「現在，年輕人，」奴隸販子說，「乖乖的就不會有苦頭吃，全部都上船。」

這時候一個蓄著鬍子、長相威儀的男人從一間屋子（我猜是客棧）走出來，說：「喂，帕哥，今天大豐收？」

那個叫帕哥的奴隸販子恭敬地彎腰，用甜蜜的聲音說：「是的，如果您還滿意的話，大爺。」

「那個男孩要多少錢？」大爺說，指著賈思潘。

「啊，」帕哥說，「我就知道大爺您會挑上最好的，次等貨絕對瞞不過大爺您的眼睛。這個男孩我自己也很中意，我是個心軟的人，本來就不是做這種生意的料，不過像大爺您這種顧客——」

「儘管開價吧，你這個人渣，」大爺冷峻地說，「你以為我愛聽你那骯髒買賣的廢話？」

「三百枚新月幣，大爺，這是看在大爺您的面子上，換成別人——」

「我給你一百五十枚。」

「呀，求求您，」露西說，「無論如何，請不要分開我們，您不知道——」她猛然住口，因為她想起賈思潘此刻不希望被人知道他的身分。

「那就一百五十枚吧，」大爺說，「至於妳，小姑娘，很抱歉，我沒法子把你們全部買下來。把我要的那個孩子身上的繩索解開，帕哥，還有，你好好對待其他幾個，否則有你好看。」

「哎呀！」帕哥說，「幹我這行的，有哪一個比我對待貨色更好的？怎麼，不信？我對待他們就像對待我自己的小孩。」

「這話倒是一點也不假。」另一個人獰笑說。

令人傷心的一刻到了。賈思潘身上的繩索被解開，他的新主人說：「跟我來，孩子。」露西忍不住哭起來，愛德蒙面無表情。但是賈思潘回頭對他們說：「振作點，我相信事情最後一定會有轉圜。後會有期。」

「小姑娘，」帕哥說，「妳別哭了，再哭，明天到了市場上就不好看了。妳乖乖的就不會想哭了，不是嗎？」

他們被趕上那艘奴隸船，然後被帶到船底下一個又黑又髒的地方，他們在那裡又看到其他許多不幸的俘虜。原來帕哥是個海盜，剛剛才從各個群島之間捕捉小孩回來，這些小孩彼此都不認識，他們多半是格爾瑪人和泰瑞賓西亞人。他們坐在稻草堆上，心想現在不知該如何，一方面又要制止尤斯提喋喋不休地抱怨都是他們的錯。

另一方面，賈思潘的遭遇比他們有趣多了。買他的人帶著他走過兩棟農舍之間的一條小巷，來到村子後面一塊空地，然後轉身面對賈思潘。

「你不用害怕，孩子，」他說，「我會好好待你，我買下你是因為你的長相，你讓我想起一個人。」

「可否請問像誰，大爺？」

「你讓我想起我的主人，納尼亞王國的國王賈思潘。」

這時候，賈思潘決定冒險一試。

「大爺，」他說，「我**就是**你的主人，我就是賈思潘，納尼亞國王。」

「你敢放肆，」那人說，「我怎麼知道你是真的？」

「首先是我的長相，」賈思潘說，「其次，我來猜猜你是誰。你是米拉茲叔叔派出海的七位貴族之一，也是我這次出訪的主要目的，你們七位是——柏恩、巫大仙、雷斯特馬、馬拉蒙，還有、還有——我忘了其他人的名字了。最後，假如老爺您給我一把劍，我可以證明給您看我就是賈思潘，賈思潘國王之子，納尼亞的合法國王，凱爾帕拉瓦宮的領主，以及寂島的皇帝。」

「我的天，」那人驚喜地說，「果然是他父王說話的口氣。國王陛下——至高無上的陛下——」說著，他跪下來，親吻國王的手。

「閣下為我贖身的錢，將會由國庫加倍償還。」賈思潘說。

「這筆錢還沒進入帕哥的口袋，陛下，」這個人就是柏恩勛爵，他說，「而且我想永遠也不會進他的口袋。我已經不下百次勸說總督大人打擊他這種販賣人口的惡行。」

「我的柏恩勛爵，」賈思潘說，「我們一定要好好討論這些島嶼的現況，不過請你先說說你的故事。」

「我的故事很簡單，陛下，」柏恩說，「我和我的六位夥伴一起來到這裡後，愛上一位這裡的女孩，當時便對航海產生厭倦的心情，加上您的叔叔掌權，回去納尼亞已經失去意義，於是我娶了那個女孩，就這樣留下來生活到現在。」

「那麼這位總督——這位甘帕斯總督是怎樣的人？他仍視納尼亞王為他的領主嗎？」

「簡單地說，是的。一切都在國王的名下。不過他不會樂意見到貨真價實的納尼亞國王活生生地出現在他眼前，要是陛下獨自一個人毫無武裝地來到他面前，我想他不會否認他對王室的忠誠，但是他會假裝不相信您，您尊貴的生命將會面臨危險。陛下這次出訪帶了什麼樣的部屬出來？」

「我的船就在海岬附近，」賈思潘說，「萬一需要決鬥，我們有大約三十個人，要不要把我的船開進來，衝上帕哥的船，解救我被他俘虜的朋友？」

「依我看最好不要，」柏恩說，「一旦發生格鬥，立刻會有兩、三艘船從那羅港趕來支援帕哥，陛下必須設法壯大聲勢，並且要憑藉國王之名，不能隨隨便便地發動戰爭。甘帕斯是個怕事的人，這樣才能嚇唬他。」

又談了一些話後，賈思潘與柏恩走到村莊的西邊海岸，賈思潘吹起他的號角（這個不是納尼亞的魔法號角——蘇珊女王的號角。他把那只號角留在國內給他的攝政王使用，以備國王不在國內時的不時之需）。正在瞭望塔上等候訊號的垂尼安，立刻認出那是國王的號角，便指揮「黎明行者號」待命，並派遣小船過去接他們上船，不久，賈思潘與柏恩已經在甲板上向垂尼安解說局勢。垂尼安和賈思潘一樣，也希望將「黎明行者號」駛近奴隸船，然後上船解救他們。但是柏恩仍然反對。

「先將船開出海峽，船長，」柏恩說，「然後繞到阿夫拉島，我的產業在那裡。但是首先懸掛國王的旗幟，再將所有的盾牌防守位置安排好，盡可能多派一些人站在戰鬥的制高點，等船駛出大約五枝箭的射程外，船頭進入公海之後，你才發出訊號。」

「訊號？發給誰？」垂尼安說。

「發給我們不認識的其他船隻，但是甘帕斯會以為他們是我們的人。」

「喔，我懂了，」垂尼安說著搓搓手，「讓他們收到我們的訊號。那我要說什麼？『全體艦隊開往阿夫拉島南方集合，地點是——』？」

「柏恩莊園，」柏恩勛爵說，「這樣的安排十分理想，從那羅港看不到——如果**有船**的話——這段航程。」

賈思潘為他那些被抓到奴隸船的朋友感到難過，但他還是忍不住過了愉快的一天。當天傍晚（他們仍然必須靠搖槳讓船行走）他們才使船頭繞過多恩島的東北角，然後再度繞過阿夫拉島，最後才從阿夫拉島的南岸入港，柏恩所擁有的美麗莊園就在海邊的山丘上。柏恩所管轄的居民（他們看到許多人在田裡幹活）有許多是自由人，這裡真是個繁榮快樂的采邑。所有的人都跑到岸邊，接著又在山坡上一座俯瞰海灣的莊園內舉行盛大的歡宴。柏恩和他優雅的妻子與快樂的女兒都熱情地歡迎他們。但是天黑以後，柏恩派遣一位信差坐船去多恩島，命令他的手下為第二天預先做準備（但他並未說得很清楚）。

4
賈思潘展現他的作為

賈思潘下令他的王旗在前面開路，號手開始吹響號角，
人人都拔出劍來，臉上露出莊嚴愉快的神情。
他們整齊的步伐使街道為之震撼，
他們的盔甲在陽光下閃閃發亮，令人不敢逼視。

第二天早上，柏恩勛爵早早便叫他的賓客起床，吃過早餐後，他要求賈思潘下令他的每一個手下全副武裝。他還說：「最重要的是，一切都必須井井有條，就好像在全世界的注視之下，貴族與貴族之間即將展開一場生死之爭。」等一切準備就緒，三艘載滿賈思潘和他的手下，以及柏恩勛爵和他的人馬的船隻，啟程前往那羅港。國王的旗幟高掛在船頭迎風飄揚，他的號手緊緊跟在身邊。

抵達那羅港的防波堤時，賈思潘發現許多人早已聚集在那邊迎接他們。「這是我昨夜派人傳話的結果，」柏恩說，「他們都是我的朋友和一些誠實的人。」當賈思潘上岸後，群眾立即爆出歡呼，高喊：「納尼亞！納尼亞！國王萬歲！」這時——這也是柏恩的指示——城裡各個角落同時響起鐘聲。賈思潘下令他的王旗在前面開路，號手開始吹響號角，人人都拔出劍來，臉上露出莊嚴愉快的神情。他們整齊的步伐使街道為之震撼，他們的盔甲在陽光下閃閃發亮，令人不敢逼視。

起初歡呼的人都是前一天晚上接獲通知的人，他們明白真相，也都衷心擁護，但是後來連孩童也加入了，因為小孩都愛遊行，而且他們幾乎沒有看過遊行。接著學校的學生也加入，因為他們也愛看遊行，而且認為越熱鬧越好，這樣學校才有可能在那天早上放假。然後一些老太太都把頭探出窗外和門外，並互相交頭接耳，心中非常喜悅，因為這是國王的遊行隊伍，和他比起來，總督算什麼？隨後連年輕婦女也出現，還是一樣的理由，何況賈思潘與垂尼安及其他水手都長得如此英俊瀟灑。所有的年輕人這時也紛紛出來看究竟是什麼吸引這麼多年輕婦女的眼光。因此，當賈思潘抵達城堡的大門外時，幾乎全鎮的鎮民都在高聲歡呼。這時坐在城堡內正在為一些帳目、表格、法令而忙得不可開交的甘帕斯聽到外面的騷動。

賈思潘的號手在城堡外吹響號角，大聲說：「快給納尼亞國王開門，國王來拜訪他受愛戴的僕人寂島總督了。」那個時代，這些島嶼國家的人做事都慢吞吞的，好一會兒才見到城門旁的一個便門打開，走出一個邋遢的人，他的頭髮亂糟糟的，頭上戴著一頂破帽子而不是盔甲，手上握著一枝生鏽的戟。面對眼前閃亮的隊伍，他不禁眨眨眼。「大人——不見——」他結結巴巴的說（他說話本來就這樣，他的意思是「大人現在不見客」），「除了每個月第二個星期六晚上九點至十點外，其餘時間沒有預約不接見。」

「還不快給納尼亞國王陛下開門，狗奴才。」柏恩勛爵大吼一聲，一揮手把門房的帽子打到地上。

「嗄，這是怎麼回事？」門房說，但是沒人理他。兩名賈思潘的手下進入便門，費了一點工夫才將木條和鎖打開（因為鎖都生鏽了），然後將兩扇巨大的城門打開。國王和他的隨從進入庭園。這時好幾個總督的守衛衝出來，還有幾個（他們都捂著嘴巴）跌跌撞撞從門裡面跑出來。他們的盔甲雖然都沒有好好擦拭保養，但是如果有人帶頭，或者知道怎麼回事，這些軍人或許會跟他們打起來。所以這是危險的一刻。但是賈思潘不讓他們有時間思考。

「隊長在哪裡？」他問。

「我就是，多少算是。」一個無精打采、長得有點像花花公子的年輕人說，他身上沒有穿任何軍服。

賈思潘說：「我們期待這次王室出訪領地寂島，會是件愉快的事，我們不希望給忠誠的子民帶來恐懼，否則我會向你們的盔甲與武器宣戰。如果你同意，你們就可以免除戰爭。現在下令開一箱酒，讓你的部下為大家的健康乾杯，但是明天中午，我要看到他們穿戴整齊在院子裡集合，不可以像個無賴一樣。看到他們這副模樣真讓人痛心。」

隊長吃驚得張大了嘴，但是柏恩已經大聲說道：「為國王高呼三聲。」在場的士兵即使不明白發生什麼事，卻都曉得葡萄酒的魅力，所以他們都跟著歡呼。接著賈思潘下令大部分的人都留在庭院，他自己則帶著柏恩、垂尼安，以及另外四名部屬進入大廳。

只見總督甘帕斯和幾名祕書坐在大廳另一頭的一張桌子後面。甘帕斯看起來像個脾氣暴躁的人，他的頭髮以前是紅色的，但現在變成灰色的了。當幾位陌生人進入大廳時，他略略抬頭看了他們一眼，又突然低下頭繼續看他的文件，同時不假思索地說：「除了每月第二個星期六晚上九點到十點，其他時間未經預約不予接見。」

賈思潘朝柏恩點個頭後往旁邊一站，柏恩與垂尼安則往前一步，兩人各抓住桌子的一邊，將桌子翻轉過來，使桌子上成堆的信件、檔案、墨水瓶、筆、封蠟和文件都跌落地上散了一地。然後他們牢牢地把甘帕斯從椅子上抓起來（但是沒有很粗暴），推到大約四呎以外的地方，賈思潘立刻坐到他的椅子上，把寶劍擱在膝蓋上。

「大人，」賈思潘說，兩眼定定地注視著甘帕斯，「你還沒有適時表達你的歡迎，我是納尼亞國王。」

「我沒接到信，」總督說，「我們始終沒接獲任何消息，這一切是不合規定的，我很樂意考慮任何事先——」

「我們是來質詢你的行政措施，」賈思潘繼續說，「我有兩件事特別要詢問你。第一件事，我發現這些島嶼已經有一百五十多年沒有向納尼亞上貢。」

「我下個月就會在議會上提出質詢。」甘帕斯說，「如果成立一個調查委員會，在明年的第一次會議上針對寂島的財務狀況提出報告，那——」

「我還發現我們的法令上記載得清清楚楚，」賈思潘繼續說，「如果沒有上貢，所有欠繳的債務便要由寂島總督的私人財產中扣除。」

這時甘帕斯開始集中注意力了。「啊，這毫無道理。」他說，「這是不可能的事——呃——陛下想必是在開玩笑。」

然而他心裡面在想，有什麼辦法能除掉這些討厭的客人。要是他知道賈思潘只有一艘船和一船的人馬，他此刻一定會先說些好話，然後暗中下令士兵在入夜之後將他們團團包圍殺害。但是他昨天看見一艘戰艦駛出海峽，又看見它發出訊號（他以為）給它的同夥。他當時不知道那就是國王的御用龍船，因為那時候沒有風，國王的旗幟無法展開，他看不到旗幟上的金獅圖案，因此他不動聲色靜候進一步發展。現在他以為賈思潘有一支艦隊部署在柏恩莊園。他怎麼也沒想到，竟然有人敢只帶領五十個部屬就要來接管這些島嶼，要是換了他，說什麼也沒這個膽量。

「第二件事，」賈思潘說，「我想知道你為什麼會違反我國的善良風俗，坐視這種卑鄙而違反自然的奴隸買賣行為日漸坐大而不管？」

「這當然是無法避免的，」總督說，「主要是為了這些島嶼的經濟發展。我們現在的繁榮與發展完全依賴它。」

「你要奴隸做什麼？」

「出口，陛下，大部分賣到卡羅門，我們還有其他的市場。我們是這一行買賣的重鎮。」

「換句話說，」賈思潘說，「你並不需要他們。那麼告訴我，這些錢除了進帕哥這種人的口袋之外，還有什麼目的？」

「陛下年幼，」甘帕斯含笑說，彷彿笑他年幼無知，「無法了解相關的經濟問題。我有統計數字、我有圖表、我有——」

「我也許年紀還小，」賈思潘說，「但我相信我對奴隸買賣的了解不下於閣下你，我不相信這種買賣對於進口肉類或麵包、啤酒、葡萄酒、木材、蔬菜、書籍、樂器、馬匹、武器，或其他任何東西會有任何幫助。但不管有沒有幫助，它都必須廢止。」

「可是那樣做是開倒車，」總督驚慌地說，「難道您沒有進步、發展的觀念嗎？」

「這兩件事是並立的，」賈思潘說，「我們納尼亞稱它為『墮落』。這種買賣必須廢止。」

「我無法負責。」甘帕斯說。

「既然如此，」賈思潘回答，「我要免除你的職權。柏恩勛爵，請過來。」甘帕斯還沒弄清楚怎麼回事，柏恩已經跪了下來，雙手放置在國王手上，發誓遵從納尼亞一脈相傳的風俗、權利、習慣和法律來統理寂島。賈思潘接著說：「我想我們不再需要總督了。」於是他冊封柏恩為公爵，稱號「寂島大公」。

賈思潘又對甘帕斯說：「至於你，閣下，我一筆勾銷你所積欠的上貢債務，但是明天中午以前，你和你的家屬都必須搬出城堡，這座城堡現在是公爵的居所。」

「這裡一切現況都很好啊，」甘帕斯的一個祕書說，「不過，如果各位先生能夠不要再裝腔作勢地演戲，好好談點正事，眼前的問題是——」

「眼前的問題是——」公爵說，「你和你那群烏合之眾想挨鞭子呢，還是不想？你可以選擇其一。」

一切都順利解決後，賈思潘下令備馬（城堡內只有少數幾匹馬，而且都很瘦弱），於是他和柏恩、垂尼安，以及其他幾個隨從便騎馬出城，趕往奴隸市場。

市場位於港口附近一棟低矮的建築，從外面看起來很像拍賣市場，只見裡面有一大群人，而帕哥就站在一個平台上，扯著大嗓門喊價：

「來呵，先生們，下一個是二十三號。健康的泰瑞賓西亞農奴，最好的礦工或廚師人選，不到二十五歲，沒有一顆蛀牙。把他的上衣脫掉，塔克，讓這些先生們瞧瞧，瞧他的肌肉多結實！看看他的胸膛！那邊角落的先生出十枚新月幣，您愛說笑，先生，十五枚！十八枚！二十三號有人出價十八。還有人加價嗎？二十一，謝謝您，先生。出價二十一──」

這時帕哥忽然停下來，目瞪口呆地看著幾個全身披掛武器的人衝上來。

「每個人都跪下，納尼亞國王駕到。」公爵說。在場的人都聽到外面傳來馬匹雜沓的聲音，有些人早就耳聞城堡內的事件，因此都乖乖地服從，有些不服從的，也被旁邊的人拉下。有些人在歡呼。

「納命來，帕哥，為了你昨天侵犯我們的王室人員。」賈思潘說，「不過我赦免你的無知。一個小時以前，全國各地已經全面廢止奴隸買賣制度，我現在宣布這個市場內的所有奴隸都重獲自由。」

他高舉著手呼應奴隸的歡呼，接著說：「我的那些朋友呢？」

「那個可愛的小女孩和那個乖男孩嗎，先生？」帕哥臉上堆著諂媚的笑說，「他們一下子就被買走了——」

這時忽然聽到露西和愛德蒙同時大聲喊叫：「我們在這裡，我們在這裡，陛下。」另外一個角落也傳來老脾氣吱吱叫的聲音：「微臣在此聽候差遣，陛下。」

「他們都已經被買下，不過買家還沒有離開，他還在出價買其他的奴隸，所以他們還沒有被帶走。」群眾自動站開讓他們三個走出來，並且爆出熱烈的掌聲。

這時兩名卡羅門商人立刻過來，他們都有著黧黑的臉龐和長長的鬍鬚，身上穿著長罩袍，頭上包著橘色的頭巾，他們是聰明、富有、彬彬有禮，卻又心狠手辣的民族。他們非常有禮貌地向賈思潘行禮，給他諸多讚美，不外是花園如何如何漂亮等等，不過他們最主要的目的還是要討回他們已經付出的金錢。

「這是件公平的事，先生，」賈思潘說，「今天買下奴隸的人都可以取回他們的錢。帕哥，把你賺得的每一分迷你錢（一迷你錢相當於一枚新月幣的四十分之一）都拿出來。」

「我的好陛下，您這不是叫我淪為乞丐嗎？」帕哥苦著一張臉說。

「你這輩子都把你的快樂建築在別人的痛苦之上，」賈思潘說，「如果你會淪為乞丐，做乞丐也總比做奴隸好。可是，我還有另外一位朋友呢？」

「喔，**他**呀？」帕哥說，「喔，把**他**帶走吧，謝謝您，我很樂意讓他走。我這輩子還沒在市場上見過這麼討人厭的傢伙，最後降價降到五枚新月幣還沒人要。買一送一也沒人問津。沒有人願意碰他，連看都不想看他一眼。塔克，把那個臭臉的傢伙帶出來。」

尤斯提被帶出來，果然是臭著一張臉；儘管沒有人願意被賣為奴，但是做個有用的奴隸也總強過沒人要。只見他走向前，對賈思潘說：「果然被我料中，你一個人躲起來享樂，我們卻被當成囚犯。我猜你一定還沒找到英國領事館對不對？」

當天晚上他們在那羅港的城堡內舉行盛大的晚宴，最後老脾氣對在場的每一個人鞠躬，說完「明天就要展開真正的冒險了！」後，他就去睡了。然而冒險不可能真的等到明天才展開，因為他們就要離開所熟知的陸地和海洋，所以必須事先做好萬全的準備。他們把「黎明行者號」上的東西清理一空，用八匹馬和滾輪拖上岸，再由技術最高明的造船工人裡外重新翻修一遍，然後再度下水，備好最足量的食物補給和飲水——也就是說，備足二十八天的量。雖然如此，愛德蒙仍然失望地發現，他們最多只能往東方航行十四個日夜，再多就不行了。

在準備的期間，賈思潘依然把握機會，向那羅港內所能找到的最老的航海家請益，問他們是否知道或聽過任何有關東方陸地的傳言。他開了許多罈城堡內的麥酒請一些滿面風霜、蓄著灰白短髭、有著清澈藍眼珠的老人喝，許多人都說了一大堆故事給他聽，但是這些誠實的人似乎都不知道過了寂島以外還有其他陸地。許多人還說，如果往東航行太遠，便會到達圍繞著世界的海洋邊緣——「我想，陛下的朋友一定是在那裡跌落到海洋的邊緣下面。」有的只是告訴他一些島嶼上住著無頭人、漂浮島、間歇泉，以及水火同源的奇幻故事。其中只有一個人（老脾氣最愛聽）說：「再過去就是亞斯藍王國，但那是在世界的盡頭以外的地方，你不可能到達。」當他們想再進一步詢問時，他只回答這是從他父親那裡聽來的。

柏恩也只能告訴他們，他雖然目送他的六個朋友繼續往東航行，但是從此以後再也沒有聽過他們任何消息。這是在他與賈思潘一起站在阿夫拉島的最高點，向下俯瞰東海時說的。他說：「我常在早上爬到這裡看太陽從海面昇上來，有時它看起來彷彿距離只有一、二哩，我常常想起我的朋友，並猜想地平線以外不知道究竟是怎樣的一個世界。多半是空無一物吧。然而我總是覺得有點慚愧自己留下來，不過我還是希望陛下您不要去，我們這裡需要您，廢除奴隸制度後將會有一個嶄新的局面，我預期有可能會和卡羅門島發生戰爭。陛下，請您三思。」

「我發過誓了，公爵大人，」賈思潘說，「更何況，我如何向老脾氣交代？」

5

暴風雨來襲

剎那間，人人都變得十分忙碌。艙口以板條固定，
廚房的爐火熄滅，男人都爬到桅杆上把帆收起來。
工作還沒結束，暴風雨就來襲了。

登陸三個星期之後，「黎明行者號」再度被拖離那羅港。大批群眾聚集在港口邊觀看隆重盛大的歡送典禮。當賈思潘向寂島居民發表告別演說，並向公爵和他的家人道別時，現場有歡呼聲，也有依依不捨的淚水。但是當「黎明行者號」紫色的船帆無力地飄蕩，船隻逐漸遠離港口，賈思潘的號角聲亦逐漸轉弱時，在場的每一個人都沉默不語。最後船隻終於進入風中，船帆漲滿風鼓了起來，拖船鬆開繩索，慢慢划回島上，海浪開始在「黎明行者號」的船頭下翻滾，它又活過來了。沒有輪班的人下去休息，垂尼安輪第一班在船頭瞭望，船隻掉轉頭，繞過阿夫拉島南方往東航行。

接下來幾天大家的心情都很愉快。露西每天早上醒來都可以看到太陽折射的水光在她的船艙天花板上跳舞，再看看四周這麼多她在寂島得到的新東西——高統橡皮靴、厚底涼鞋、斗篷、長背心和圍巾，她覺得她真是全世界最幸運的女孩。然後她會到甲板，從艄樓上眺望每日早晨碧藍的大海，深深吸幾口一天比一天溫暖的新鮮空氣。接下來是早餐，在海上航行令人胃口大開的早餐。

大部分的時間她都坐在船尾的小凳上和老脾氣下棋。看他下棋是件有趣的事，因為棋子對他來說太大，移動棋盤中央的棋子時，他必須雙手捧著棋子，再踮著腳尖小心翼翼地擺放在適當的位置。老脾氣棋藝精湛，當他記得他是在下棋時，他通常都會贏。但是最近露西常常贏棋，因為老脾氣會走錯棋，譬如他會把騎士一起也送進皇后和城堡的險境中，這是因為他一時忘記自己是在下棋，他心裡想的是真實的戰鬥，騎士自然應該盡他應盡的責任。他的心中充滿幾乎不可能的希望、死亡或光榮的進攻，以及最後的立場。

但是快樂的時光維持不了多久，一天傍晚，露西在船尾悠閒地注視著船過之處在海面上留下的一道波紋，忽然發現西邊的天空聚集了一大片烏雲，以極快的速度擴大。不久雲層分開，露出黃色的太陽，陽光從雲隙中灑下來。船身後面的海波似乎異於尋常，海水也變成黃褐色，像髒汙的帆布。空氣轉冷了，連船隻也走得很不安穩，彷彿它也意識到危險正緊跟在它後面。船帆一會兒軟軟地鬆垂，一會兒又狂野地漲得滿滿的。正當她注意到這些徵兆，心中暗想莫非有什麼凶兆時，垂尼安已經大聲呼喊：「全員到甲板集合。」剎那間，人人都變得十分忙碌。艙口以板條固定，廚房的爐火熄滅，男人都爬到桅杆上把帆收起來。工作還沒結束，暴風雨就來襲了。露西覺得大海彷彿在他們的船頭前裂開一個大洞，船隻直衝進去，速度快得驚人。一堵比船桅還高的灰色水牆，正對著他們排山倒海似地壓下來，眼看著就要沒命了，但是整艘船卻又被凶猛的海浪拋到最高點，然後在原地打轉。一波巨浪猛力衝擊甲板，船頭和船尾彷彿兩座孤島，中間隔著凶猛的大海。水手們爬到桅頂，幾乎和船桁平行躺著，奮力控制船帆。一根斷掉的繩索在強風中猛烈擺動。

「下去，陛下。」垂尼安大聲咆哮。露西知道不諳航海的人此刻對船員而言是一大障礙，因此她乖乖地服從。但是要回船艙也不容易，「黎明行者號」的右舷高高翹起，甲板的傾斜度就像房子的屋頂，她必須先爬到階梯頂端，扶著欄杆，等候兩名水手爬上來，然後盡可能站穩腳步隨著他們爬下去。當她爬下階梯時，另一波大浪淹沒甲板，也淹到她的胸口，她身上的衣服原本就已被雨水打濕，現在更覺得寒冷刺骨。她強忍著奮力移到艙門口，進了船艙，把門關緊。雖然暫時把船隻快速陷入黑暗的恐怖景象關在門外，但是艙門外那些可怕的風聲、吱嘎聲、斷裂聲、碰撞聲、怒吼聲卻比在船頭時一聲緊似一聲。

第二天、第三天，情況仍不見改善，到最後大家都不記得這場風暴是從哪一天開始，只知道每次必須有三個人來負責掌舵，只有用上三個人的力量才能維持船隻的方向。同時不停地有人在汲水，幾乎所有的人手都用上了，沒人有空煮飯，也沒有人可以替他們把衣服烘乾，而且有一個人落海失蹤了，太陽也始終沒有露臉。

當這一切終於過去，尤斯提在日記上這樣寫著：

「九月三日　好長一段時間沒法子寫日記了。我們被暴風雨追趕了整整十三天，我記得很清楚，因為我已仔細記下來，但是他們都說才十二天。真不懂我怎麼會和這樣一群連算數都不會的人一起航行！這段期間好慘，一個小時接一個小時的大浪把船拋上拋下，身上常常濕透了，甚至是三餐不繼，更別提沒有無線電或照明彈，所以連一點發訊號求救的機會都沒有。我常告訴他們，駕駛這樣一艘像浴缸般的小船出海是件瘋狂的事，現在果然證明我的話沒錯。跟高尚的人出海已經很糟糕了，何況是一群人形惡魔。賈思潘和愛德蒙對我很粗暴，船桅斷掉那個晚上（現在只剩一小截木樁），雖然我人很不舒服，他們仍然要我上去甲板，像個苦力一樣工作。露西還塞給我一枝槳，說老脾氣很想幫忙，但他實在太小了。她難道看不出那個小東西最愛**出風頭**嗎？她雖然年紀小，起碼也應該具備這一點常識。今天這艘討厭的船終於平穩下來了，太陽也出來了，我們都在討論下一步該怎麼辦。我們的食物本來塞得滿滿的，現在只夠維持十六天（家禽都被沖進海裡，就算沒有，暴風雨也把牠們嚇得無法生蛋）。最大的問題還是飲水，有兩個水箱有漏洞，全部漏光了（又是納尼亞的效率問題），現在只能用配給的，每個人每天只能分配到三百ＣＣ，這樣可以維持十二天（倒是還有許多甜酒和葡萄酒，不過連**他們**都知道喝酒只會讓人更口渴）。

「當然，如果可以的話，最明智的辦法是立刻朝向西邊，駛回寂島，但是我們靠著強烈的順風，花了十八天到達這裡，即使有東風，回去也要花更久的時間，何況此刻並沒有吹東風的跡象——事實上，根本半點風也沒有。如果搖槳的話，所需的時間更長，賈思潘也說，每天只靠三百ＣＣ的水是不可能有體力搖槳的。我敢肯定地說他錯了，我試著向他解釋流汗會使人降低體溫，所以只要工作就可以不需要太多的水。可是他一點也不理會，他每次想不出答案時都是這樣。其他人都贊成**繼續**往前走，希望能夠發現陸地。我覺得我有責任告知他們，我們根本不知道前方**有沒有**陸地，而且我也試著讓他們明白**不切實際的想法**是危險的。不料他們不但想不出更好的辦法，反而厚著臉皮問我有什麼建議。於是我便不動聲色地說我是被綁架的，這次**愚蠢的**航行並非我的自願，所以**我**沒有義務幫**他們**解決問題。

「九月四日　還是風平浪靜。晚餐用配給的，我分到最少。賈思潘分菜時有動一些手腳，他以為我不知道！露西倒是想彌補，所以提議把她的食物分一些給我，可是那個雞婆的愛德蒙反對。太陽好熱，一整個晚上都好渴。

「九月五日　依舊風平浪靜，加上很熱。一整天都很不舒服，我一定發燒了。他們當然笨得不知道要準備一只體溫計在船上。

「九月六日　可怕的一天。半夜醒來，知道我發燒了，我一定要喝口水，任何醫生一定都會這樣說。我並不是一個要求特殊待遇的人，但我也不敢夢想生病的人可以多分到一點水。事實上我大可以把他們叫醒，請他們給我一些水喝，但是我想吵醒他們未免太自私，所以我自己起來，拿了我的杯子，輕手輕腳地走出我們睡覺的『黑洞』，小心地不去吵醒賈思潘和愛德蒙，因為天氣很熱，加上水又不足，所以他們也睡得很不安穩。不管別人對我好不好，我總是處處為他人著想。我出門以後就是另一個很大的房間，如果它也算一個房間的話，也就是放木槳的板凳和行李的地方。水就存放在這個房間的盡頭。本來一切都很順利，可是我還來不及倒水就被那個小間諜老脾氣逮到。我說我是要到甲板上去透透氣（我喝水關他什麼事），他卻問我為什麼手上拿著杯子。他的聲音很大，把全船的人都吵醒了，他們都覺得我做了不該做的事。我反問（換了誰都會問）老脾氣為什麼三更半夜還在水箱附近鬼鬼祟祟，他說他太小，無法在甲板上工作，所以每天晚上在水箱旁站崗，好讓其他人去睡覺。最不公平的事發生了：他們都相信他！你相信嗎？

「我被迫道歉，否則那個危險的傢伙要拿他的劍對付我。然後賈思潘出來，他終於現出他的真面目，大聲宣布：今後任何人只要偷水被抓到，一定會得到『兩打』。我不懂那是什麼意思，後來愛德蒙才解釋給我聽。它的典故出自於皮芬家的小孩以前讀過的故事。

「做了這種懦弱的威脅後，賈思潘語調一轉，又**神氣活現**地對我說，他對我感到抱歉，但是每個人都和我一樣熱，我們一定要共體時艱等等。噁心，自大的傢伙。今天一整天都躺在床上。

「九月七日　今天有一點風，但還是西風。用破損的船帆往東方航行了幾哩。垂尼安叫它『應急船桅』，就是把船頭的斜桁豎起來，綁在原來的船桅木樁上。還是渴得要命。

「九月八日　仍然往東。我現在整天都躺在小床上，除了露西誰也不見，直到那兩個討厭的傢伙回來睡覺。露西分一點她的水給我，她說女生沒有男生那麼容易口渴。這個我以前就知道，不過在海上大家應該都知道才對。

「九月九日　終於看見陸地了。很遠的東南方有一座很高的山。

「九月十日　山看起來越來越大，也越來越清楚，但還是很遠。風勢又開始增強，我已經不記得有多久沒有這樣的風了。

「九月十一日　抓到一些魚，煮來當晚餐吃。我們於晚間七點左右在一處海灣內大約三噚的地方下錨。那個白痴賈思潘不讓我們上岸，說天黑了，怕會有野獸和野蠻人。今天多分到一些水。」

眼前在這座島上等候他們的，與尤斯提的關係大於其他人。但是我們無法從他的文字中得知，因為他自從九月十一日以後，有很長一段時間忘了寫日記。

天亮以後，天空灰濛濛的，壓得很低，但是非常燠熱。一行人發現他們所在的位置是一處海灣，三面都是崇山峻嶺和崎嶇的險崖，很像挪威的峽灣。前方海灣邊緣有一些平地，平地上長著許多茂密的樹木，看起來好像雪松，還有一條潺潺的小溪從林間流出。再過去是拔地而起的山坡，山頭崎嶇呈鋸齒狀，山後是一片黝黑的山脈，一直穿入雲霄，因此看不見山頂。海灣兩旁較近的山崖處處可見白色的線條，雖然從遠處看不出活動的跡象，也聽不到聲音，不過大家都知道那是流瀑。四周一片寂靜，海灣的水面平靜得像玻璃，如實映照出四周的高山。這幅景色雖然美得像畫，卻給人一種壓迫感，它不是個可親的地方。

全船人分兩次乘坐小船上岸，每個人都在溪邊盡情地喝水與梳洗，並且吃了一頓豐盛的午餐。賈思潘等大家都休息過後，派四個人回去看守船，接著展開一天的工作。他們有許多事要做，裝水的桶子要運上岸，漏水的地方可以修補的話就要修補，然後再裝滿水。他們還要砍一棵樹，如果找得到的話最好是松樹，好拿來做船桅。船帆必須修補；組織狩獵隊去射殺陸地上任何可見的野味；清洗修補衣服；還有船上許多大大小小破損的地方都有待整修。這時候的「黎明行者號」幾乎讓人認不出就是離開那羅港時那艘氣派輝煌的龍船（尤其是從遠處看更明顯）。它看上去破破爛爛的，船身上的色彩盡失，任誰看了都會以為是殘骸。它的船員和乘客也好不了多少，個個又瘦又蒼白，眼球因為睡眠不足而充血，身上的衣服也襤褸不堪。

尤斯提躺在樹下，聽到大夥兒在討論這些計畫，一顆心不由得往下沉。難道都不能有休息的一刻？他們才剛抵達嚮往已久的陸地，可是看樣子第一天就要和在海上一樣辛苦地工作。這時他腦中突然生出一個愉快的點子。沒人在看——大家都在高談闊論他們的船，彷彿他們真的有多愛。何不現在溜走？他可以走進山裡面，找個清涼幽靜的地方好好睡一覺，等他們都忙完了再跟他們會合。他認為這樣做對他比較有利，不過他要仔細看好海灣和船的位置，這樣他才能安全地回來。他可不想被留下來。

他立刻採取行動。他不動聲色地站起來，走進樹林，小心地一步一步慢慢走，裝作漫不經心的樣子，這樣任何看到他的人才會以為他只是起來伸展四肢。他走著，驚訝地發現他們談話的聲音很快就聽不見了，森林變得非常安靜和溫暖，顏色也越來越深沉。不多久，他便覺得可以加快腳步了。

他很快便走出森林，眼前的地面開始攀高，地上的雜草又乾又滑，但是他手腳並用倒也不覺困難。他雖然不住地喘氣，而且頻頻用手拭去額頭的汗水，但是仍然穩穩地踏出每一步，這顯示他的新生活已在不知不覺當中對他有利；如果是昔日的尤斯提，哈洛與雅貝妲的兒子尤斯提，大概爬十分鐘就放棄了。

慢慢地，中間經過幾次休息，他抵達山頂，原本以為從這裡可以望見島的中心地帶，然而雲層越來越低，也越來越近，加上縹緲的山嵐朝著他滾滾而來。他坐下來回頭看，他現在的位置高高在上，海灣在他腳下顯得渺小，綿延數哩的大海則看得很清楚。不久，山嵐將他包圍了，厚厚的，但是不冷，於是他躺下來，找了個最舒服的姿勢輕鬆一下。

但是他不覺得很享受，或者說沒能享受很久。幾乎是有生以來第一次，他開始覺得孤單。起初這種感覺緩緩升起，接著他開始擔心時間。四面靜悄悄的，沒有一點聲息，他猛然想到他會不會已經躺了好幾個鐘頭了。說不定其他人都走了呢！說不定他們是故意由著他到處亂走，好把他單獨丟在這裡！他驚慌地跳起來趕快下山。

開始時他因為走得太急，在草坡上滑了幾跤，所以從山坡上滑落了幾呎。然後他又想到，他好像太靠左邊了——他記得他上山時看到懸崖就在左邊。所以他又爬上去，到他認為的起點改從右邊下山，情況似乎改善多了。他很小心，因為他的能見度只有一碼，四周依然一片寂靜。當你心頭有個聲音不斷催促你「快點、快點、快點」，而你卻只能小心翼翼地走，那種心情是很難受的。他的腦海中無時無刻不想著被拋棄的可怕念頭。如果他了解賈思潘和皮芬兄妹，應該會知道他們絕對不可能這樣做，但是他此刻深信他們都是披著人皮的惡魔。

當尤斯提踩到一塊鬆脫的石頭（小石子，他們是這麼說的。）往下滑了一大段路，最後好不容易踩到平地時，他鬆了一口氣：「好不容易呀！」但是接下來一想：「現在呢？那些森林哪裡去了？前面好黑，奇怪，我記得山嵐的顏色是淡的呀。」

確實，四周的光線逐漸增強，他不由得瞇起眼睛。霧散了，他發現他在一處完全陌生的山谷裡，這裡看不見大海。

6
尤斯提的冒險

天空猛然發出霹靂雷聲時，他一點也不意外，
幾乎就在這時，太陽不見了，他的水還沒喝完，
豆大的雨點就落下來了。

同一時刻，其他人都在河邊洗手、洗臉，準備吃晚飯後休息。船上三位最好的弓箭手從海灣北面的山上獵到兩隻野山羊回來，此刻正在火上燉煮著。賈思潘命人搬了一箱葡萄酒上岸，那是產自亞成地的高濃度酒精葡萄酒，喝的時候要摻水才不容易醉，所以這一箱酒足夠所有的人喝。一切都很順利，晚餐吃得很愉快，只不過在第二輪分羊肉時，愛德蒙才發現：「那個討厭的尤斯提呢？」

這個時候尤斯提正在山谷中尋找出路。這個山谷又窄又陡，四周的山壁陡峭，使它的地形更像一個巨大的坑洞或山溝。地上有草，但是布滿岩石，尤斯提還看到地上有許多火燒過的焦黑的痕跡，就好像乾燥的夏天在火車軌道兩旁看到的焦痕一樣。前方大約十五碼的地方有一潭清澈的湖水。乍看之下山谷裡好像沒有其他生物，沒有動物，沒有鳥類，連一隻昆蟲也沒有。太陽偏西了，陰沉的山峰和崎嶇的山脈高高在上地睥睨著山谷。

尤斯提明白他在濃霧中走錯了方向，於是馬上轉身尋找回去的路線，這一看他立時吃了一驚，原來他方才極幸運地從一條唯一的通道下來——一條狹長的綠色坡道，又陡又窄，兩邊都是高峻險拔的山壁，除此外再也沒有其他的通路。可是此刻看清楚了，他還能循原路回去嗎？他的腦子裡不斷地思考這個問題。

他再轉身，心想無論如何總要先喝個水再走。但就在他準備走過去時，他忽然聽到背後有個聲音。那個聲音很小，但在完全寂靜的情況下卻顯得很大聲。他待在原地不敢動，等了一下才慢慢轉頭去看。

在他左手邊的山壁底下有個黑黑的小洞，想必是個山洞的入口。黑洞底下有幾個石頭在鬆動（他聽到的就是這個聲音），彷彿有什麼東西在洞裡面爬。

是有東西在爬，更糟的是，牠在往外爬。換成愛德蒙或露西或你，立刻便可以看出來，但是尤斯提平時都看另一類的書，所以他不懂。從洞裡面往外爬的東西是他怎麼也料想不到的——牠有著一個灰色的長鼻子，呆滯無神的紅眼睛，沒有羽毛也沒有毛髮，柔軟的長身體在地上拖著，腳上的關節像蜘蛛一樣，撐起來比牠的背還高，爪子又尖又利，蝙蝠狀的翅膀在岩石上摩擦發出聲音，尾巴有好幾碼長，還有一縷縷的煙從牠的鼻孔冒出。他一直沒有告訴自己那是一隻「龍」，就算說了也沒有太大幫助。

不過假如他稍稍具備一點有關龍的常識，就會對這隻龍的舉動感到有點驚訝。牠不但沒有立起來撲動牠的翅膀，也沒有從牠的口中噴出火焰，相反地，從牠鼻孔冒出的煙好像一堆將熄的火。牠好像也沒注意到尤斯提。牠慢吞吞地朝著水潭移動，慢慢地，中途還幾度停下來。尤斯提儘管非常害怕，也看得出這是一隻很老的、悲傷的龍。他心裡想著要不要冒險衝出去爬到山上，假如他弄出聲響，牠也許會回頭看，然後精神大振。說不定牠只是裝病。再說，面對一隻會飛的龍，有可能爬上山逃出去嗎？

龍爬到水潭邊，將牠可怕的下巴貼在砂礫上準備喝水，但牠還來不及開始喝，就先發出幾聲劇烈的咳嗽，接著抽搐幾下，身子一歪便倒在地上，一隻爪子伸向天空，完全靜止不動了。一絲烏黑的血從牠張開的大嘴中滲出，從牠鼻孔冒出的煙先是轉成黑色，一會兒後完全飄散，再也不見冒煙出來。

很長一段時間尤斯提不敢動彈，搞不好是這隻猛龍的詭計，專門用來詐騙旅人。但是任誰也沒辦法一直等下去。他邁開一步、兩步，然後停下來不動。那隻龍還是動也不動地躺著，他還注意到牠眼中的火紅色也褪了。最後他小心翼翼走到牠身邊，現在他很肯定牠已經死了。他戰戰兢兢地摸摸牠，什麼事也沒有。

尤斯提鬆了一大口氣，幾乎大笑一聲。開始覺得他是在決鬥中把龍殺死，而不是看著牠自然死亡。他跨過牠的屍體，走到水潭邊喝水，因為他覺得天氣越來越熱了。當天空猛然發出霹靂雷聲時，他一點也不意外，幾乎就在這時，太陽不見了，他的水還沒喝完，豆大的雨點就落下來了。

這個島上的天氣變幻莫測。不一會兒工夫，尤斯提便全身濕透，而且雨勢大到他張不開眼睛，這是歐洲從來不曾有的現象。如果雨勢這樣持續下去，他根本沒有辦法爬出山谷。這時他忽然想到唯一可以避雨的地方——龍的山洞。於是他躲了進去，躺下來喘口氣。

我們都知道龍的巢穴裡可能會有什麼東西，但是我剛才說過，尤斯提平時看的是另一類的書籍，多半是進口、出口、政府組織、資源耗竭什麼的，就是沒有提到龍的知識，所以他看到地上的東西會感到迷惑。其中有一部分因為有尖尖的東西，所以不像石頭，又因為太硬，也不像刺。還有許多圓圓扁扁的東西，敲起來會發出鏗鏗鏘鏘的聲音。洞口的光線充足，足以看清那些東西。原來尤斯提發現了我們早就知道的寶藏，有皇冠（就是那些尖尖的東西）、金幣、戒指、手鐲、金塊、金杯、金盤和珠寶等。

尤斯提一向很少想到寶藏（他和別的男孩不大一樣），但他立刻看出它在這個新世界——他在家中露西的臥室內糊裡糊塗闖入的這個世界——的作用。「他們這裡沒有稅，」他說，「你不用把寶藏交給政府。有了這些寶藏我可以在這裡過著舒適的生活，或許在卡羅門，那裡好像是比較沒有虛假的國家。不知道我能帶得了多少寶藏？那個手鐲，它上面鑲的好像是鑽石，我可以戴在我的手腕上，太大了，不過我可以把它戴在手肘上。然後口袋裡裝一些鑽石，鑽石比黃金輕。這陣雨不知何時才會停？」他找了個比較舒服的地方（那裡大部分是金幣）坐下來等，可是當你遇到一隻恐怖的猛龍，事過境遷之後，尤其又加上走了很長的山路，你一定會很疲倦。所以尤斯提睡著了。

當他睡得很熟又打鼾的時候，其他人已經吃過晚飯並開始擔心他了。他們大聲呼喚：「尤斯提！尤斯提！喂！」喊到聲音都沙啞了。於是賈思潘吹響他的號角。

「他不在這附近，否則他會聽見。」露西臉色發白地說。

「討厭的傢伙，」愛德蒙說，「他幹嘛偷偷溜走？」

「我們一定要想辦法，」露西說，「他或許迷路了，或者掉進洞裡，或者被野人抓走了。」

「或者被野獸吃掉了。」垂尼安說。

「如果是這樣，那真是謝天謝地。」萊斯小小聲說。

「萊斯先生，」老脾氣說，「你真是狗嘴裡吐不出象牙來。那個傢伙雖然對我不友善，但他畢竟是女王的親戚。再說他是我們這個團體的一分子，我們有責任找到他，假如他死了，我們也要替他報仇。」

「我們當然要找到他（如果**找得到**的話），」賈思潘有氣無力地說，「這可是件麻煩事，得派出搜索隊，而且會惹來許多麻煩。真是麻煩的尤斯提。」

同一個時間，尤斯提睡得很熟，他睡了又睡，最後被手臂上的一陣疼痛驚醒。月光照在洞口，寶藏鋪成的床鋪現在舒服多了，事實上他一點也不覺得不舒服了。起初他不明白為什麼手臂會痛，後來發現原來他套在手肘上的手鐲變緊了，他的手臂一定是在他睡覺時腫起來了（他戴在左手）。

他伸出右手要去摸左手，但是他立刻停止不動，害怕得咬緊下唇，因為就在他前面不遠的地方，他的右方，月光清清楚楚地照在洞穴的地面上，他看見有個隱藏的黑影在動。他知道那個影子，那是龍的爪子，當他的手移動時，那隻爪子也在動，他的手停止移動，爪子也停止不動。

「哎呀，我好笨，」尤斯提心想，「那隻龍有個伴，牠就躺在我旁邊。」有好幾分鐘，他動也不敢動一下。他看見眼前有兩柱煙升起，在月光下是黑色的，就像剛才那隻龍臨終前從鼻子噴出的黑煙一樣。他嚇了一跳，屏住呼吸，那兩柱煙也消失了。當他再也憋不住時，他又偷偷地呼吸，可是那兩柱煙立刻又出現了。但是他沒有注意到事實真相。

現在他決定悄悄移到左邊，想辦法逃出洞穴。說不定那隻龍睡著了，再說這也是他唯一的希望。不過當他準備要移到左邊時，他會先看一眼左邊，啊，天哪！左邊也有一隻龍爪。

如果尤斯提這時哭出來，沒有人會怪他。看到自己的眼淚濺在寶藏上時，他還很訝異他哪來這麼多的眼淚。更怪的是他的眼淚還特別熱，熱到冒煙。

然而哭也沒有用，他必須設法從兩隻龍的中間爬出去。他開始伸出右手臂，龍的右腳和爪子立刻做相同的動作。接著他想到試試他的左手，龍的左腳又跟著做出相同的動作。

兩隻龍，左右各一條，正在模仿他的動作！他大驚，顧不得許多，一頭往外衝。

當他衝出洞穴外時，裡面傳出金幣互相敲擊和石頭滾動的雜沓聲，他以為牠們也跟著追出來。不敢回頭看，拚命跑到水潭邊，死去的龍躺在月光下夠駭人的了，但此刻的他壓根兒沒注意，他一心只想衝進水裡。

可是當他衝到水潭邊時，有兩件事發生了。第一件是他像被悶雷打到一樣，猛然發現他用兩手兩腳在地上跑——他為什麼會這樣跑？其次，當他靠近水潭時，他以為另一隻龍從水中在注視他，所以他頓了一下。可是他立即明白真相了，原來水中的龍正是他自己的倒影，這一點毫無疑問，因為他動牠也動，他張嘴、閉嘴時，牠也張嘴、閉嘴。

他在睡覺時變成龍了。他懷著貪婪的、凶暴的心睡在龍的寶藏上，使他自己也因此變成一隻龍。

現在一切真相大白，他在洞穴裡時身邊並沒有兩隻龍，他的右邊和左邊的龍爪，正是他自己的右爪和左爪，那兩柱煙也是從他自己的鼻孔噴出來的。至於他左臂的疼痛（或者說他以前的左臂），現在他用左眼瞄一眼便明白了，原來戴在小男孩手臂上恰恰好的手鐲，現在戴在一隻龍粗大肥厚的前肢上當然會太小，它深深地嵌進他的肉裡，使他的手臂上下兩端都感到腫脹刺痛。他用他的龍牙去咬它，但是無法將它除下。

除了疼痛外，他的第一個感覺是鬆了一口氣。現在他再也不怕任何東西了，他自己已經變成人見人怕的惡獸，在這個世界上，除了騎士（而且不是所有的騎士），再也沒有人敢侵犯他，現在他可以向賈思潘和愛德蒙報復了。

但是想到這裡，他知道他不會向他們報復，他要和他們做朋友，他要回到人群中，和他們一起說話、一起談笑、一起分享。他明白他現在是被人類摒棄的怪物。一股驚駭的孤單占據他的心，他終於明白其他人根本不是怪物，他也開始反省自己是不是像他往常以為的那種好人。他想念他們的聲音，現在即使老脾氣對他說句好話他都會非常感激。

想到這裡，那隻原來是尤斯提的龍開始放聲大哭。一隻強壯的龍在荒郊野外的月光下放聲大哭，那種聲勢可想而知，他的聲音更是驚人。

最後他決定想辦法回到海邊。他現在知道賈思潘絕不會丟下他離開，他也有信心總有辦法使他們了解他是誰。

他喝了很多水，然後（我知道這句話聽起來很恐怖，不過你如果再多想一想就不會了）他把死去的龍的屍體吃光。他吃到一半時才明白他在做什麼；因為，你要知道，他的心雖然是尤斯提的心，他的胃口和他的消化系統卻是龍的胃口和消化系統，在龍的眼中，再也沒有比新鮮龍肉更可口的了。這也是為什麼同一個國家中很難同時看到兩隻龍的原因。

然後他轉身爬出山谷。他先用力一跳，立刻發現他飛起來了，他都忘了他有翅膀，所以他十分驚喜——他好久沒有驚喜了。他飛得很高，在月光下看見他腳下有連綿不盡的山嶺，他還看見海灣像一片銀色的鋼板，「黎明行者號」下了錨躺在岸邊。海灘旁的樹林間有營火在閃爍。他從高空中順利地滑下來。

露西正在熟睡，她希望能夠聽到有關尤斯提的好消息，所以一直等到搜救隊回來才去睡覺。由賈思潘率領的搜救隊很晚才筋疲力盡地回來，他們帶回令人不安的消息，他們沒有找到尤斯提的行蹤，只在山谷中發現一具龍的屍體。他們盡量往好處想，彼此互相安慰不可能會有其他的龍，又說那天下午三點鐘左右發現的龍，幾乎不可能會在幾個小時前殺人。

「除非牠吃掉了那個傢伙，他死了之後把牠也毒死了。他會毒死任何東西。」萊斯說。但他是憋著氣說的，所以沒人聽到。

不過，夜深之後露西被一陣輕柔的聲音驚醒了，她發現全隊人都聚在一起輕聲商量。

「什麼事？」露西問。

「我們一定要表現出很堅強，」賈思潘說，「一隻龍剛剛飛過樹梢，降落在海灘上。不錯，牠就在我們和船的中間。箭無法傷害龍，牠也不怕火。」

「陛下請先迴避——」老脾氣說。

「不，老脾氣，」賈思潘國王堅定地說，「你千萬別想和牠單獨決鬥，而且除非你答應這件事要完全聽我的，否則我要把你綁起來。我們要密切注意，等天亮後立刻到海灘上去和牠拚鬥。我帶頭，愛德蒙國王在我右邊，垂尼安勛爵在我左邊，除此外不做其他任何安排。再過兩個小時就天亮了，一個小時後先開飯，把剩下的葡萄酒喝掉。一切都要安靜地進行。」

「說不定牠自己會離開。」露西說。

「牠離開更不好，」愛德蒙說，「那樣我們就找不到牠的巢穴了，如果牠有巢穴，我倒想看看。」

接下來的時間令人坐立難安，早餐做好了，他們都知道應該要吃一點，但是許多人沒有胃口。他們等了好久，終於天色慢慢轉淡，小鳥也開始此起彼落唱起歌來。氣溫變得更冷、更潮濕。賈思潘說：「開始動手吧，朋友們。」

他們站起來，手上提著劍，緊緊靠在一起，露西站在最中間，老脾氣站在她的肩上。這樣強過漫無目的地等待，每個人都覺得比平常時候更珍惜彼此。一會兒後他們開始前進，當他們來到森林邊緣時，天色更亮了，他們看見海邊有一隻模樣像巨大的蜥蜴，又像身軀柔軟靈活的鱷魚，又像一條有腳的蛇，形象恐怖的生物趴在沙灘上。

但是當牠看見他們時，牠不但沒有起來噴火，反而搖搖擺擺往後退到海灣的淺水區。

「牠搖頭是什麼意思？」愛德蒙說。

「現在牠在點頭。」賈思潘說。

「牠的眼睛好像有東西流出來。」垂尼安說。

「啊，你們看不出來嗎？」露西說，「牠在流淚，那是眼淚。」

「我不相信，陛下。」垂尼安說，「鱷魚也會這樣，好讓你撤除防衛。」

「你說這句話時牠在搖頭，」愛德蒙說，「牠的意思好像在說『不』。你們看，牠又搖頭了。」

「你想牠聽得懂我們說的話嗎？」露西問。

龍用力點頭。

老脾氣從露西的肩頭跳下來，走到最前面。

「龍啊，」牠用尖細的聲音說，「你聽得懂我們的談話？」

龍點頭。

「那你會說話嗎？」

牠搖搖頭。

「那，」老脾氣說，「問你也是白搭。不過，假如你發誓和我們和平相處，你就把左手高舉到頭上。」

龍照辦，不過行動有點笨拙，因為金鐲子箍得太緊，使牠的左手又腫又痛。

「喔，你們看，」露西說，「牠的手有問題，可憐的龍，牠也許就是因為這樣才哭泣，說不定牠跟『安卓克立茲與獅子』（譯註：《伊索寓言》中的故事）一樣，是來找我們為牠治療的。」

「小心，露西，」賈思潘說，「牠是一隻非常聰明的龍，但也可能有詐。」

可是露西已經跑過去了，後面跟著老脾氣，只見他邁開短短的腿拚命跑。當然後面又緊跟著其他男孩，連垂尼安也跑上去。

「把你那可憐的手給我瞧瞧，」露西說，「也許我可以為你治療。」

尤斯提變的那隻龍高興地伸出他疼痛的前腳，他想起露西在他變成龍之前，曾經用她的果露治好他的暈船。可是這一次他失望了，神奇的果露雖然稍稍減輕腫脹和疼痛，卻無法除去金手鐲。

每個人都圍上來看露西為他治療。這時賈思潘忽然大聲說：「你們看！」他目不轉睛地注視著手鐲。

7
冒險結束

打從他上船的第一天起，他就是個十足的討厭鬼，
現在更討人厭了。這個念頭令他心裡非常痛苦，
就像臂環令他感到痛苦一樣，他常常忍不住哭泣，
尤其是炎熱的晚上。

「看什麼？」愛德蒙說。

「看那黃金上刻的圖案。」賈思潘說。

「一把小槌子，上面鑲了一粒像星星的鑽石。」垂尼安說，「咦，我以前看過。」

「以前看過！」賈思潘說，「你當然看過，它是納尼亞一所大宅院的標記。這是巫大仙的臂環。」

「怪獸，」老脾氣對龍說，「你是不是把納尼亞的勛爵吃掉了？」但是龍用力搖頭。

「或者，」露西說，「牠**就是**巫大仙變成的龍，被施了魔咒。」

「兩者都不是，」愛德蒙說，「所有的龍都在蒐集黃金，不過我想我們有理由猜測巫大仙可能離這座島不遠。」

「你是巫大仙嗎？」露西對龍說。當龍悲傷地搖頭時，露西又問：「那你是被人下魔咒的嗎？我是說，你是人變的嗎？」

牠用力點頭。

然後有人說——大家事後都在討論到底是露西先說，還是愛德蒙先說——「你該不會——不會碰巧是尤斯提吧？」

尤斯提用他那巨大的龍頭點了又點，有力的尾巴在水中用力拍，每個人都跳開，免得被他眼中流出的滾燙眼淚燙到。

露西拚命安慰他，甚至鼓起勇氣親他那張布滿鱗片的臉。幾乎每個人都嘆氣說：「運氣真壞。」還有人向尤斯提保證會支持他，更有許多人說一定有辦法解除魔咒，而且一定會在一、兩天內就解除。當然他們都很想知道他的故事，可惜他不會說話。後來那幾天他有幾次嘗試寫在沙灘上，但總是不成功。原因是尤斯提（我說過他讀的是另一類的書）不懂得如何平鋪直敘說故事，加上龍爪上的肌肉和神經本來就不是用來寫字的，結果他還沒來得及寫完，潮汐一來就把大部分的字沖掉了，只剩下一小部分剛好被他的尾巴蓋住的地方。這些字讀起來殘缺不全——

「我去睡……結……龍洞……死……後來……醒……變……」

不過，大家都覺得，尤斯提變成龍後，個性變好了。他變得樂於助人。他飛遍整座山，發現島上到處都是山，而且只有野山羊和成群的野豬居住。他帶回許多山羊與野豬給船上的人吃，而且用人道的方式殺牠們，他只要用大尾巴用力一掃，山羊和野豬就死了（說不定還不知道怎麼回事呢）。他自己當然也吃一點，但總是單獨吃，因為他現在是龍，所以喜歡吃生食，不過他不願意讓人看見他生吃動物屍體的慘狀。有一天，他很費力但成功地帶回一棵高大的松樹，那是他從遠方的山谷中連根拔起的，帶回來給「黎明行者號」做主桅。天黑後如果天氣轉涼（這在當地是常有的事，尤其是下過大雨之後），他便成為大家最大的安慰，因為全部的人都會靠過來，把背貼著他溫熱的身體兩側，不但可以取暖，還可以烘乾衣服。而且他只要噴個火，就可以把很難點的火點燃。有時他會在背上載幾個人飛上天，讓他們看看腳下青翠的綠色山坡、崎嶇的山脊、洞穴般的狹窄山谷，以及更遠的東方的藍色地平線，那附近有個地方呈現更深的藍，或許是一塊陸地。

這種被他人喜歡（對他來說，這是個全新的體驗），而且喜歡他人的喜悅，減少了尤斯提的沮喪。因為當一隻龍也是很痛苦的，他每次飛過山上的湖泊，從水面看見自己的倒影時，都會忍不住發抖。他討厭他蝙蝠般的翅膀，和那尖銳、彎曲的爪子。他怕一個人獨處，卻又不好意思和別人在一起。不用權充熱水袋的晚上，他都蜷起他那蛇一般的身體，獨自躺在森林與海岸中間。令他驚訝的是，每當這個時候，老脾氣就會過來和他作伴。這隻高貴的老鼠總是悄悄離開營火旁一群快樂的夥伴，過來坐在龍的頭上，這裡可以迎著風，避免被龍冒煙的鼻息燙到。這時候老脾氣會告訴尤斯提，說他的遭遇是命運之輪在轉動過程中的一個意外的插曲。他說假如尤斯提能到他納尼亞的家（那其實只是一個洞，不能算是家。而且連龍頭都進不去，何況龍身），他便可以讓他看更多皇帝、國王、公爵、騎士、詩人、情侶、天文學家、哲學家，以及魔術師的故事，這些人都從繁榮富裕的身分地位跌落到最悲慘的環境，但是他們中有許多人都能再度振作起來，從此過著幸福快樂的生活。這番話在當時也許不能帶來很大的安慰，但是他的好意尤斯提永遠銘記在心。

然而每個人心中都有個揮不去的疑雲，那就是當他們準備出發時，如何把龍帶走的問題。當他在場時，他們都盡量不提這件事，但是他偶爾還是會偷聽到他們說：「船上的甲板裝得下他嗎？我們必須把所有貨物裝到另一頭的底下，這樣才能保持平衡。」或者：「拖著他走好嗎？」或是：「他用飛的會跟得上嗎？」還有最常問的一句話是：「我們要用什麼餵他？」可憐的尤斯提越來越明白打從他上船的第一天起，他就是個十足的討厭鬼，現在更討人厭了。這個念頭令他心裡非常痛苦，就像臂環令他感到痛苦一樣，他常常忍不住哭泣，尤其是炎熱的晚上。

大約在他們抵達龍島的第六天，愛德蒙一大清早便醒過來，天剛矇矇亮，隔著海灣的樹林依稀可見。他覺得他好像聽到有什麼東西在動，於是他撐起一隻手臂看看四周，這時他覺得他好像看見有個黑黑的影子在海邊走動，他立刻想到：「這個島上真的沒有土著嗎？」然後他想到，會不會是賈思潘，那個身影和賈思潘的身高差不多，但他知道賈思潘睡在他的旁邊，而且動也不動地在睡覺。愛德蒙摸摸他的劍還在，於是起來去察看究竟。

他輕手輕腳走到樹林邊，那個人影還在。現在他看得比較清楚了，那個人比賈思潘小一點，比露西大一點，他沒有跑開。愛德蒙拔出他的劍，正準備要刺向那個陌生人，這時陌生人用低低的嗓子說：「是你嗎，愛德蒙？」

「是，你是誰？」他說。

「你不認得我了嗎？」那人說，「是我，尤斯提。」

「我的天，」愛德蒙說，「真的是你，我親愛的——」

「噓。」尤斯提說，他的身體搖晃了一下，好像要昏倒。

「喂！」愛德蒙說，扶住他，「你怎麼啦？生病了嗎？」

尤斯提很久沒有回答，愛德蒙以為他昏過去了，但是他終於開口說：「好可怕，你不知道……不過現在沒事了。我們可以去別的地方說話嗎？我還不想見他們。」

「可以，隨便你想去哪裡。」愛德蒙說，「我們可以去那邊的岩石上坐下來談。我**真**高興看到你——呃——再看到你。你那段時間一定很難過。」

他們來到岩石上，坐下來看海，天空此時越來越亮，天上的星星開始消失，只剩下最亮的一顆低低地掛在地平線上。

「我不想告訴你我是如何變成——一隻龍，我想等我心情平復，可以告訴大家時再說。」尤斯提說，「其實那天早上我回來這裡時，根本不知道我變的是一隻龍，我是聽你們說才知道。我現在想告訴你的是我如何變回來。」

「儘管說吧。」愛德蒙說。

「昨天晚上我很難過，那個手環令我痛得要命——」

「現在好了嗎？」

尤斯提笑著——愛德蒙以前從沒聽他這樣笑過——輕鬆地把套在他手臂上的金環脫下來，「在這裡，」他說，「誰喜歡就送給他吧。我說，昨晚我睡不著，心裡一直想著我為什麼會變成這樣，然後——不過，先提醒你，這說不定只是一場夢，我不能肯定。」

「說吧。」愛德蒙很有耐心地說。

「總之，當時我一抬頭，竟然發現一頭巨大的獅子緩緩地走向我。奇怪的是，當時沒有月亮，可是獅子的四周卻有月光。牠越來越近、越來越近，我好害怕。你也許會想，像我這樣的一隻龍，尾巴輕輕一掃就可以把任何雄獅給打倒，但我不是怕這個，不知道你懂不懂。總之，牠靠近我，直直望著我。我緊緊閉上眼睛，但是沒有用，因為牠叫我跟牠走。」

「你是說，牠開口說話？」

「我不知道，你現在一提，我想大概不是。但牠當時就是這樣告訴我，我明白我必須聽牠的，所以我起來跟著牠走。牠帶我走了很長的路進入深山裡，不管走到哪裡，獅子四周都有月光照射著牠。最後我們來到一座我從來沒去過的山頂，那裡有一座花園，有樹、有水果，應有盡有。花園中央有一口井。

「我知道那是一口井，因為水從底下咕嚕咕嚕冒上來，但它比一般的井大許多，好像一個很大的圓形浴池，旁邊有大理石石階讓人下去。水很清澈，我心想，如果我能進去泡一泡，也許可以減輕我手上的疼痛。但是獅子告訴我，我必須先脫衣服。不過，我不知道牠是不是有說出這些話。

「我正想說我無法脫衣服，因為我根本沒穿衣服。可是我忽然想到，龍與蛇是同類，而蛇會蛻皮。喔，對了。我心想，獅子一定是這個意思。所以我開始抓我自己，我身上的鱗片開始掉落。我又抓深一點，結果不但鱗片掉了，連整個皮膚也開始剝落，我好像生過一場大病，又好像我是一根香蕉那樣。過了一、兩分鐘，我的皮膚都脫落了，我看著它躺在旁邊地上，覺得很噁心，但是那種感覺很棒。這時我便走進井內準備洗澡。

「可是正當我把兩隻後腳伸進水中時，我低頭一看，發現它們還是硬邦邦的布滿粗糙的鱗片。沒關係，我告訴自己，這表示裡面還有一對小一號的腳。於是我又開始抓，腳上的鱗片也整片剝落了，我脫掉舊鱗片，讓它躺在另外一塊鱗片旁邊，然後進入水中。

「可是，同樣的情況又發生了。我心想，我的天，我得脫掉多少皮呀？我真渴望把我的前腳泡在水中。所以我又第三度抓我前面右腳的鱗片，把我的皮也脫下來，像前兩次那樣。可是我一看見水中的自己，又覺得還是不夠好。

「這時獅子說話了——我不知道牠是不是有說——牠說：『我來幫你脫掉。』老實說，我怕牠的爪子，不過這個時候我已經沒力氣了，所以我躺下來讓牠脫。

「牠第一次剝我的鱗片時，我覺得牠好像連我的心也剝開了，當牠開始撕下我的皮膚時，那可是比以往都痛，唯一感覺舒服的，是皮膚被完全剝下之後。你知道，就像剝開傷口的痂一樣，痛得不得了，但是看著它剝落很好玩。」

「我懂你的意思。」愛德蒙說。

「牠把我前腳的皮剝下來——跟我前三次自己剝一樣，只不過前幾次都不痛——它躺在草地上，看上去竟然更厚、更黑，而且比其他的有更多圓球狀的突起。這時候的我已經是平滑柔軟，一如剝了皮的樹枝，而且比原來的我小一號。然後他把我抓起來——我不大喜歡，因為這時候的我身上都沒有皮膚了——丟進水裡。起初很痛，但是一下子就不痛了，而且非常舒服，我開始游泳、打水，很快地，我發現我的手臂不痛了，這時我才注意到，我又變回男孩了。如果我告訴你我對我這雙手臂的感覺，你一定會覺得我很虛偽，我知道它們沒有肌肉，不像賈思潘的手臂那樣強壯，但我真高興再看到它們。

「過了一會兒，獅子帶我上來，替我穿上衣服——」

「替你穿衣服？用牠的爪子？」

「我不大記得了，可是牠的確這樣，牠替我穿上新衣服，就是我身上穿的這一套，然後一轉眼，我就回來了。所以我才覺得像在做夢。」

「不，那不是夢。」愛德蒙說。

「為什麼？」

「因為有這身衣服呀，這是其一。再說你已經──呃，不再是龍了，這是其二。」

「那你認為是什麼？」尤斯提問。

「我想你見到了亞斯藍。」愛德蒙說。

「亞斯藍！」尤斯提說，「自從我們登上『黎明行者號』以後，我有好幾次聽到這個名字，我那時還──我也不知道為什麼──很討厭它。不過那時候我看什麼都討厭。還有，我要向你道歉，我大概很惹人厭吧。」

「不要緊，」愛德蒙說，「老實說，你還沒有我以前第一次到納尼亞時那麼壞呢，你只是討人嫌，我還曾經出賣他們呢。」

「喔，那不用告訴我了。」尤斯提說，「可是，亞斯藍是誰？你認識他嗎？」

「啊——他認識我，」愛德蒙說，「他是偉大的雄獅，『陸上大帝』之子，他救了我，也救了納尼亞。我們都見過他，露西見到他的次數最多。我們現在要去的地方也許就是亞斯藍的國度。」

說到這裡，兩人都沉默下來。最後一顆星星消失了，雖然他們看不見朝陽，因為它在山的那一邊，但是他們知道太陽昇起來了，因為天空和海灣這時都轉成玫瑰紅。一群看似鸚鵡的鳥在他們身後的森林中大聲叫，他們聽到樹林間開始有了動靜，不久，賈思潘的號角響起，營區展開一天的生活了。

當愛德蒙與恢復人身的尤斯提一起走到營火邊吃早餐時，大家都非常高興。當然，現在他們都聽到他的前半段故事了。大家都在猜另外那條龍是否在數年前殺害巫大仙，或者那條老龍就是巫大仙他自己。尤斯提在洞穴中放進口袋的珠寶，隨著他的舊衣服不見了，但是沒有一個人想回去那個山谷——包括尤斯提自己——取那些寶藏。

過了幾天，「黎明行者號」的船桅重新安裝妥當，同時重新油漆，所有裝備都再度運到船上，現在可以啟航了。在上船之前，賈思潘特地在一塊面向海灣的平滑岩石上刻下這些字句：

龍島
由納尼亞國王賈思潘十世所發現
時為他即位第四年
我們猜測
巫大仙勛爵
已長眠於此

如果說，「從此以後，尤斯提完全判若兩人」，那可是一點也不為過。更正確地說，他開始變得不一樣了。他曾經舊疾復發，有好幾天他變得很疲倦，但是我看不大出來，後來他慢慢痊癒了。

巫大仙的臂環結局非常奇特。尤斯提不想要，把它送給賈思潘，賈思潘又轉送給露西，她也不想要。「好吧，那誰接到就算誰的。」賈思潘說。他把它扔到天空，大家站著不動看著它落下來。只見陽光照耀下閃爍生輝的臂環在空中轉動，落下後竟然不偏不倚掛在刻著銘文的岩石旁一個突出的犄角，從下面搆不到它，從上面也拿不到的一個死角。據我所知，它到現在還掛在那裡，說不定會一直掛到世界末日那一天。

8
兩度死裡逃生

這裡是被詛咒的地方，我們趕快上船吧。

假如我有這個榮幸為這個島命名，

我會為它取名為死亡湖之島。

當「黎明行者號」駛離龍島時，大家都齊聲歡呼。他們一駛出海灣就碰上順風，因此第二天一早便抵達不知名的陸地。他們當中有些人曾經在尤斯提還是龍的時候，坐在他的背上飛越山頭，遠遠地看到它。那是個低矮的綠島，除了兔子和幾隻山羊外，沒有人居住。但是島上有幾座石頭屋的遺跡，從地上燒過的黑色痕跡來看，他們判斷這裡不久前曾有人來過。地上還有一些骨頭和破損的武器。

「海盜的傑作。」賈思潘說。

「或是龍的傑作。」愛德蒙說。

除此之外，他們還發現沙灘上有一艘小皮艇，是用獸皮包裹在枝條外做成的小艇。這艘船很小，不到四呎長，裡面還有一支比例相當的槳。他們猜測這艘船如果不是專為兒童製造，就是小矮人的船。老脾氣決定留下來自己用，因為它的大小剛好適合他，所以他們便把它帶上船。他們為這座島取名為火燒島，然後在中午以前又繼續上路。

他們在南南東風的吹送下航行了五天，其間不但沒有看見任何陸地，連一條魚或一隻海鷗的蹤影都沒見到。又隔一天下了一場大雨，一直下到午後。尤斯提和老脾氣下棋，輸了兩盤，什麼事都看不順眼的老毛病又犯了，愛德蒙也說早知道就和蘇珊一起去美國。這時露西從船艙往外看，叫了起來：

「哎呀！**那是**什麼？」

所有的人都衝到船尾看個究竟，這時雨已經停了，正在守望的垂尼安也聚精會神地注視船尾的某個東西，或者說，某些東西。這些東西看起來有點像光滑的圓石，排成一列，每個圓石中間間隔大約四十呎。

「不可能是石頭，」垂尼安說，「五分鐘前還沒見到它們。」

「有一個不見了。」露西說。

「是啊，又有一個出現了。」愛德蒙說。

「越來越近了。」尤斯提說。

「小心！」賈思潘說，「它們全部朝向這邊過來了。」

「而且移動的速度比我們的船還要快，陛下，」垂尼安說，「再過一分鐘就會趕上我們了。」

他們全都屏住呼吸，因為不管牠是陸上的或海上的生物，顯然都來者不善。

事實上，牠遠比他們猜測的更可怕。只見距離左舷大約一個板球投球距離的地方，突然冒出一顆駭人的頭顱，牠的皮膚是紅綠外加紫色的斑紋——貝殼吸附的地方除外——形狀像馬，但是沒有耳朵。牠有兩個巨大的眼睛，可以讓牠在黝黑的深海中來去自如，一張大大的嘴，裡面有兩排像魚一樣尖銳的牙齒。牠們乍看之下好像一個巨大的頸子，但是隨著牠越伸越長，大夥兒這才看出那是牠的身體，而且牠就是許多愚蠢的人最愛看的大海蛇。牠那巨大的尾巴伸得好遠，身軀斷斷續續露出海面上，此刻牠的頭又伸出海面，而且比船桅還要高。

每個人都急忙取出自己的武器，但是沒有用，大海怪太遠了。「發射！發射！」弓箭隊隊長大聲喊。有幾個人聽命發射，但是大海怪的身體彷彿鐵鑄般，箭一碰到就偏了。有好一陣子，大家都驚恐地望著牠，心想不知牠會從哪個地方撲過來。

然而牠沒有撲過來，牠只是把頭往前伸，越過船身與斜桁平行，現在牠的頭伸到桅樓旁邊了，但牠還是繼續伸，越過右舷的舷牆，這時候牠的頭才垂下來，只不過牠不是垂到擠滿了人的甲板上，反而伸進水中。此時船隻已經在牠的身軀所捲成的大拱形之下，只見拱形逐漸縮小，眼看大海蛇的身體就要碰到「黎明行者號」的船身了。

尤斯提（他本來真的已經痛改前非，直到連下幾天雨，加上連輸兩盤棋，才又故態復萌）現在果然表現出前所未見的勇敢，他手上提著賈思潘借他的劍，看見大海蛇的身體接近右舷，他立刻跳上舷牆，使盡全身力氣開始砍。雖然他除了把賈思潘第二好的劍砍斷之外別無建樹，但他的英勇表現仍然值得嘉許。

如果不是老脾氣這時候大聲喊：「別打了！用力推！」其他人說不定也會跟上去。這隻老鼠會勸大家不要反抗，那可真是反常，尤其是在這種可怕的時刻，因此大家都轉頭看他。只見他跳上舷牆面對海蛇，小小的身子緊貼著海蛇布滿鱗片、黏稠的巨大身軀，開始用力推。許多人這時明白他的用意，也迅速跑到船的兩邊跟著用力推。一會兒後，大海蛇的頭又出現，這次在左舷，而且轉身背對著他們，這時大家終於明白了。

原來這個大海怪用牠的身體將「黎明行者號」捲在環內，並開始把環收緊，等牠收到很緊的時候，「啪！」的一聲，船就會像火柴棒一樣斷成兩截，船上的人落水漂在水面上，牠就可以一個一個把他們吞進肚子裡。他們唯一的希望是把這個環往後推，讓它從船尾的方向脫開；或者反方向，把船往前推，使它脫離圈圈。

光憑老脾氣當然起不了任何作用，他要推動船隻就和他要抬起一座大教堂一樣不可能，雖然如此，他也還是差點沒命，還好其他人趕快把他推開。很快地，除了露西和老脾氣（他已經昏倒了）以外，全船的人沿著兩側的舷牆排成兩列，每個人的前胸緊緊貼著前面一個人的後背，使整列隊伍的重量落在最後一個人的身上，大家使出所有的力氣用力推。前幾秒鐘（感覺上好像過了好幾個小時）似乎沒有任何反應，只聽到關節嘎吱響，汗水大顆大顆地滴，喘氣和呻吟的聲音不絕於耳，然後他們感覺船似乎在動。他們看到海蛇身體的環離船桅越來越遠，但是這個環也越來越小，他們面臨真正的危險了，他們能安然擺脫這個環嗎？還是它會小到擺脫不了呢？不錯，剛剛好，牠剛好碰到船尾的舷欄，差十多步就到船尾。這太好了。海蛇的身體現在很低，他們必須排成一列側著身推，希望越來越大了，直到大家想起來「黎明行者號」那個翹得高高的、雕刻得很漂亮的龍尾。

它一定無法穿過海蛇的肉環。

「拿斧頭來！」賈思潘沙啞著嗓子喊道，「繼續用力推！」

露西本來就對船上的設備瞭如指掌，原本站在甲板上瞪著船尾的她立刻跑下去，找到斧頭，快速地爬上階梯回到船尾。但是就在她剛踏上甲板，忽然傳來一聲好像樹倒下來的巨大的碎裂聲，船身晃動了幾下，快速往前滑出去。原來就在那一瞬間，不知是海蛇被推得太吃力，還是牠太笨了想縮緊圈圈，雕刻精美的船尾竟折斷，船也因此脫困獲救。

其他人都太累，以致沒有看見露西所看見的景象。在他們身後數碼的地方，海蛇身體捲成的圈圈迅速縮小，消失在浪花中。露西常常說（當然，她那時候太興奮，說不定只是她的想像），她看見那個海怪的臉上露出笨笨的滿足相。不過可以確定的是，那是一隻很笨的動物，因為牠不但沒有繼續追逐「黎明行者號」，反而在牠自己的身體上下鑽過來鑽過去，彷彿在尋找船的殘骸。這時候「黎明行者號」早已經乘著清爽的微風遠颺，船上的人則個個癱倒在甲板上喘氣、呻吟，直到現在他們還在談起這件事，每次提起都會大笑。他們甚至拿出蘭姆酒舉杯慶賀，人人都讚美尤斯提（雖然派不上用場）與老脾氣的英勇。

事情過後，他們又航行了三天，途中除了海和天，其他什麼也沒有看到。第四天，風向改變，吹起了北風，海面開始產生變化。到了下午，風勢增強，但他們同時在左前方的方向發現陸地。

「陛下，在您的託付下，」垂尼安說，「我們將嘗試以搖槳的方式進港避風，等強風過去。」賈思潘同意，但因頂著強風搖槳速度很慢，天黑了他們才划進一個天然港，在那裡下錨，不過當天晚上他們都沒上岸。第二天上午，他們發現他們位在一處綠色的海灣中，旁邊的陸地看上去非常崎嶇荒涼，陡峭的山坡一路通到岩石陡峭的山頂。過了山頭就是風勢強勁的北方，那裡的雲層在迅速累聚。他們放下小船，把空了的水箱全部裝進去。

「我們要喝哪一條溪的水，垂尼安？」賈思潘在船尾的纜繩上坐定後說。「好像有兩條溪注入海灣。」

「看來沒什麼差別，陛下，」垂尼安說，「不過我想右邊的近一點，東邊那一條。」

「下雨了。」露西說。

「可不是！」愛德蒙說，雨勢漸漸增大。「我看，我們去另一條溪吧，那邊有樹，我們可以躲雨。」

「不錯，我們過去吧，」尤斯提說，「別又淋濕了。」

但是垂尼安依舊穩定地朝著右舷的方向前進，就好像你對一個疲倦的汽車駕駛人說他開錯路，可是他不理會，仍舊以每小時四十哩的速度前進一樣。

「他們說得對，垂尼安，」賈思潘說，「何不轉向往西邊走？」

「任憑陛下吩咐。」隔了一會兒垂尼安才說。昨天一天他都在擔心天氣，所以心情煩躁，而且他不愛聽不是航海人的意見。但他還是把小船轉向，後來證明他這樣做是對的。

等他們加完水，雨也停了，賈思潘、尤斯提、皮芬兄妹還有老脾氣，決定走上山頂，看能不能有什麼發現。那是一段崎嶇的山坡路，雜草與石南叢生，他們看不到任何人跡和野獸，只有海鷗。當他們抵達山頂，才發現這是一個非常小的島嶼，面積不過二十英畝。從山頂上看下去，海面比他們從「黎明行者號」甲板或桅樓上看出去更廣大，也更荒涼。

「實在太瘋狂了，」尤斯提望著東方的地平線，對露西小聲地說，「對那邊一無所知，卻還是一味航行過去。」不過這只是他的習慣性說法，這時候的他已經沒有過去那麼難相處了。

清涼的風依舊不斷從北邊吹來，站在山頭都覺得發冷。

「我們不要走原路回去，」當他們準備把小船掉頭時，露西說，「咱們再往上走一點，然後從另一條溪，就是垂尼安原先要走的那條溪回去。」

大家都同意，於是大約十五分鐘後，他們來到第二條溪的上游源頭。這裡的風景比他們預期的更美，有一座規模不大但很深的山中湖，三面環山，只有向海的一面有一條湖水出海的水道。這裡總算沒有風了，他們在山崖邊的石南叢中坐下來休息。

當全部的人都坐定後，忽然有人（就是愛德蒙）猛地跳起來。

「這個島上的石頭好尖，」他說，伸出手在石南叢中摸索，「那個該死的東西哪裡去了？……啊，找到了……哎呀！不是石頭，是一把劍柄。不對，我的天，是一把劍。看它都生鏽了，一定在這裡好多年了。」

「從劍的形狀看，還是納尼亞的劍呢。」大家都靠過去看，賈思潘說。

「我也坐到什麼東西了，」露西說，「硬硬的。」結果是一件鎧甲的配件。這時每個人都跪在密密的石南叢中到處摸索，不久，他們一個接一個發現一頂頭盔、一把匕首，和幾枚錢幣，不是卡羅門的新月幣，而是不折不扣的納尼亞「獅子」錢幣和「樹」錢，跟你在海狸水壩或貝路納的市場看到的錢幣一樣。

「看來這好像是七位勛爵之一留下來的。」愛德蒙說。

「我也是這麼想，」賈思潘說，「不知是哪一個。匕首上沒有刻姓名。不知他是怎麼死的。」

「那我們如何替他報仇？」老脾氣說。

愛德蒙開始思考，他是這群人中唯一讀過幾本偵探故事的人。

「看這裡，」他說，「這裡非常可疑，他不可能是在決鬥中喪生。」

「為什麼？」賈思潘問。

「沒有骨骸。」愛德蒙說，「否則他的敵人會拿走武器，留下屍體。有誰聽說過哪個決鬥獲勝的人會帶走屍體卻留下武器？」

「他會不會是被野獸殺害？」露西說。

「那一定是隻聰明的野獸，」愛德蒙說，「會把人的鎧甲脫下。」

「會不會是一隻龍？」賈思潘說。

「不可能，」尤斯提說，「龍不可能這樣，我知道。」

「那，我們趕快離開這裡吧。」露西說。自從愛德蒙提到骨骸後，她就不想再坐下來了。

「好吧，」賈思潘說，「我想這些東西都不值得帶走了。」

他們慢慢走下來，繞到湖水的出口處，停下腳步注視著深邃的湖水。天氣很熱，誰都想下去泡泡水，或喝一口清涼的湖水。事實上，尤斯提已經蹲下來，打算用手舀水上來喝。這時，露西和老脾氣不約而同大聲說：「看。」這一喊使尤斯提忘了要喝水，轉頭去看。

湖底鋪著大塊的灰藍色石頭，湖水十分清澈，只見湖底躺著一個真人大小的人像，顯然是純金鑄造的。它面朝下，雙手高舉過頭。就在這個時候，天上的雲開了，露出陽光來，把金人照射得一清二楚。露西覺得這是她所見過最美麗的人像。

「哇！」賈思潘忍不住吹口哨，「真是不虛此行！不知道能不能把它弄出來？」

「我們可以潛水下去撈，陛下。」老脾氣說。

「不行，」愛德蒙說，「如果它是純金的，那會太重拿不出來，而且湖水少說也有十二或十五呎深。不過，等一等，還好我有帶一根打獵用的矛，讓我先來量量看它有多深。賈思潘，你抓著我的手，讓我彎下去一點。」賈思潘抓著他的手，愛德蒙探出身體，把他的矛放入湖中。

矛才進入湖水一半，露西便說：「我想人像不是金的，只是陽光照射而已，你的矛看起來也是金色的。」

這時，「怎麼啦？」眾人異口同聲問，因為愛德蒙忽然鬆開他手上的矛。

「我拿不動了，」愛德蒙喘著氣說，「它變得好重。」

「掉進湖底了，」賈思潘說，「露西說得對，它的顏色和人像的顏色一樣。」

愛德蒙本來在看他的鞋子——他的鞋子好像有什麼不對勁——這時忽然直起身子大聲發令：「退後！離湖水遠一點！馬上離開！」

大夥兒都後退，並注視著他。

「看，」愛德蒙說，「看我的鞋尖。」

「看起來有點黃。」尤斯提說。

「那是金的，純金，」愛德蒙不等尤斯提說完，立即插嘴說，「看看它們，摸摸看，鞋面的皮已經脫落了，而且重得好像加了鉛一樣。」

「以亞斯藍之名！」賈思潘說，「你該不是說——」

「不錯，正是這個意思，」愛德蒙說，「湖水會把任何東西變成黃金。它把矛變成黃金，所以才會那麼重。它又濺到我的腳（幸好我沒打赤腳），所以我的鞋尖也變成黃金。至於湖底那個可憐的人——你們看。」

「這麼說它不是人像嘍。」露西小聲說。

「不是，整件事現在很清楚了，他因為天氣熱來到湖邊，脫下衣服，就是我們坐的地方，衣服也許爛掉了，或是被鳥叼去築巢，只剩鎧甲留下來。然後他跳進水中——」

「別再說下去了，」露西說，「好可怕！」

「**我們也**差一點下去了。」愛德蒙說。

「可不是，差一點沒命。」老脾氣說，「隨便伸進一根手指頭、一隻腳、一根鬍鬚或一條尾巴，都可能滑入水中。」

「我們再來試試看。」賈思潘說。他拔下一把石南，小心翼翼跪在湖邊，把石南浸入水中，再取出來時，石南已經變成純金，像鉛一樣又重又軟。

「擁有這座島的國王，」賈思潘緩緩地說，他的臉興奮得發紅，「將成為世界上最富有的國王。我宣告這座島為納尼亞的資產，它的名字叫黃金湖之島。我命令你們全部保守這個祕密，不得讓任何人知道，甚至垂尼安，否則處死。你們聽到了嗎？」

「你說什麼？」愛德蒙說，「我又不是你的臣民，話又說回來，我才是納尼亞四位古代君主之一，你只不過是臣屬於我哥哥大帝而已。」

「那麼你的意思是要這樣，愛德蒙國王？」賈思潘說，手放在劍鞘上。

「啊，住手，你們兩個。」露西說，「那是男生最差勁的表現。你們簡直是妄自尊大、橫行霸道的白痴——哼！——」她的尾音轉成驚詫，這時在場的每一個人也都看到她所看見的。

就在灰色的山坡上（因為石南還沒開花，所以是灰色的）另一頭，一頭人們從未見過的巨大獅子悄無聲息、昂首闊步地走過去。雖然當時太陽已經隱入雲層中，但獅子身上仍散發出明亮的光芒。露西後來形容當時的情景時說：「他像一頭大象那麼大。」不過又有一次她說：「像拉車的馬一樣大。」不過大小不是問題，沒有人敢問他是什麼。大家心裡都有數，他就是亞斯藍。

事後也沒有人看見他從哪個方向消失。他們互相你看我、我看你，彷彿大夢初醒。

「我們剛才在說什麼？」賈思潘說，「我剛才是不是表現得很差勁？」

「陛下，」老脾氣說，「這裡是被詛咒的地方，我們趕快上船吧。假如我有這個榮幸為這個島命名，我會為它取名為死亡湖之島。」

「這個名字取得好，老脾氣，」賈思潘說，「不過我想不起來為什麼好。天氣似乎不錯，垂尼安一定急著要出發了，等一下我們可有好多故事說給他聽。」

事實上他們說不出個所以然，因為他們被最後那一個鐘頭發生的事搞迷糊了。

幾個小時之後，「黎明行者號」再度出發，「死亡湖之島」漸漸沒入地平線外，垂尼安這時對萊斯說：「幾位陛下剛才回到船上時，好像都著了魔似的。他們一定在那個島上發生了什麼事。我唯一比較肯定的是，他們相信在島上發現我們在尋找的其中一位勛爵的屍體。」

「真的嗎？船長，」萊斯說，「那麼一共找到三位了。現在還剩下四位。照這個速度，我們或許很快就可以在新年過後回家，那太好了，我的菸絲快抽完了。晚安，船長。」

9

聲音之島

你們不會相信，真的。

我們變醜之後，每個人都不敢看別人的臉……

前一陣子都吹著西北風，這幾天風向改變了，風從西邊過來，因此每天早上「黎明行者號」雕刻著龍頭的船頭都正對著朝陽。有人說這裡的太陽看上去好像比納尼亞的大，但是有的人不同意。他們又順著輕柔穩定的西風繼續往前行，仍然看不到一條魚、海鷗或海岸。不久，補給又開始減少了，他們心裡再度暗暗懷疑，他們會不會已經來到一個永遠沒有盡頭的大海。但是，他們終於覺得可以繼續往東航行的那一天來臨了，因為就在他們與太陽的正中間，出現了一塊矮矮的、像一片雲似的陸地。

他們在正午時分進入一處寬廣的港灣，下錨登陸。這是一個和他們以往見過的任何地方都大不相同的國度，他們走過柔軟的沙灘時，發現這一帶非常寂靜空曠，彷彿無人居住，但是不久，前面出現修剪得十分平整的草地，就好像英國的大莊園內請了十個園丁照顧的草地。樹木很多，一棵棵整整齊齊排列，樹上沒有一根折斷的樹枝，地上也不見一片落葉。鴿子偶爾叫幾聲，除此之外，沒有其他聲音。

現在他們走進一條長長的、鋪了沙子的筆直小路，路上沒有一根雜草，兩旁種植高大的樹木，遠處盡頭隱約可見一棟屋子，屋子很長，灰色的，在午後的陽光下看起來很安靜。

就在他們進入這條小路時，露西發現她的鞋子裡有個小石頭。在這個陌生的地方，聰明的話她應該請大家等她一下，讓她把小石頭取出來。但她沒有，她只是不聲不響地停下來，坐在路邊，脫下鞋子。因為她穿的是繫鞋帶的鞋子。

等她解開鞋帶時，其他人已經走遠了；再等她取出石頭，她已經聽不到前面的人說話的聲音。但幾乎就在這時，她聽到別的聲音了，這個聲音不是從屋子的方向傳來的。

她聽到一陣沉重的腳步聲，彷彿有好幾十個強壯的工人用大木槌在敲打地面。這時的她背靠著樹幹坐在地上，她又不會爬樹，只好靜靜地坐著，緊貼著樹幹，希望不會被發現。

砰！砰！砰！……聲音越來越近，她感覺地面在震動，但是她什麼也沒看到。她猜這個東西——或這些東西——一定在她後面，但是緊接著，那個重擊聲出現在她面前。她知道它在這條路上，因為除了聲音外，她也看見沙塵揚起，好像有人重重地敲打地面，只不過她看不見什麼東西在敲。接著所有的聲音聚集在離她大約二十呎的地方後忽然停止，這時有個聲音開始說話。

當時的情況非常恐怖，因為她連半個人影也沒見著，整座公園般的莊園仍然和他們剛登陸時一樣寂靜空曠。然而，距離她不過數呎的地方，有個聲音說話了。它說：

「同伴們，我們的機會來了。」

其他聲音立刻齊聲回答：「聽他說，聽他說，他說我們的機會來了。幹得好，首領，你說的永遠是對的。」

「我的意思是，」那第一個聲音繼續說，「我們躲在他們與他們的小船之間，每個傢伙都準備好他的武器，等他們要出海時再將他們一網打盡。」

「耶，太好了，」所有的聲音都叫起來，「你的計畫太棒了，首領，加油，首領，你的計畫再好不過了。」

「那麼快點，同伴們，快點，」第一個聲音說，「我們動手吧。」

「好耶，首領，」其他聲音說，「這個命令太棒了，我們正想說，動手吧。」

重擊聲又出現了，起先很大聲，後來很快逐漸轉弱，最後消失在通往海邊的方向。

露西明白她沒有時間坐在那裡揣測這些隱形的東西到底是什麼。等重擊聲消失後，她立即站起來，以她最快的速度，往其他人的方向追上去。她必須趕緊警告他們。

這個時候其他人已經來到屋子門前。那是一棟矮房子，只有兩層樓高，是用色彩柔和的石塊砌成的，上面有許多窗子，有些窗子爬滿常春藤。四周一點聲音也沒有，所以尤斯提說：「我想它是空的。」但賈思潘默默地指著從煙囪內裊裊升起的一縷炊煙。

他們發現一扇大門開著，便走進去，裡面是一座鋪著石塊的庭院。他們在這裡首度看見這個島不尋常的地方，在庭院的中央有一具泵浦，泵浦旁有一個桶子。這倒也沒什麼奇怪，奇怪的是泵浦的把手一上一下在動，但是附近並沒有人。

「這裡有魔法。」賈思潘說。

「機器！」尤斯提說，「我想我們終於來到一個文明的國家了。」

露西就在此時氣喘吁吁、滿頭大汗地跑進來，她壓低聲音，努力敘述她剛才聽到的談話，當他們約略聽懂她的意思後，連最勇敢的也心生恐懼。

「隱形的敵人，」賈思潘喃喃說，「要阻擋我們上船。這是個卑鄙的試探。」

「你不知道他們是**怎樣的**東西嗎，露西？」愛德蒙問。

「我怎麼知道？愛德華，我又看不見他們。」

「他們的腳步聲聽起來像人類嗎？」

「我沒聽到腳步聲，只有說話的聲音和這種可怕的撞擊聲，像大頭鍾。」

「我想，」老脾氣說，「如果用劍刺過去，他們會不會就現身了？」

「看來我們必須去查清楚，」賈思潘說，「不過我們先離開這個大門，說不定泵浦旁就有個傢伙在偷聽我們談話。」

他們回到小路上，那邊的樹看上去比較不可疑。「人又看不見，躲也沒用，」尤斯提說，「他們說不定就在我們四周。」

「垂尼安，」賈思潘說，「假如我們放棄小船，走到海灣的另一頭，再發信號讓『黎明行者號』過來帶我們離開，你看可行嗎？」

「水不夠深，它進不來，陛下。」

「我們可以游泳過去。」露西說。

「諸位陛下，」老脾氣說，「且聽我說。要想逃避看不見的敵人，任何偷偷摸摸的行為都是枉然的，假如這些東西蓄意挑起戰爭，他們一定會贏。無論如何，我寧可和他們正面交戰，也不願意被他們從背後偷襲。」

「我認為老脾氣說得對。」愛德蒙說。

「好啊，」露西說，「如果萊斯和『黎明行者號』上的其他人看見我們在岸上決鬥，他們一定會**想辦法**。」

「可是，假如他們看不到任何敵人，他們就看不出我們在決鬥，」尤斯提沮喪地說，「他們會以為我們只是好玩在空中比劍。」

大家聽了一時都無話可說。

「那，」賈思潘終於說，「這樣吧，我們還是去面對他們，我們去表達善意。箭在弦上了，露西，大家把劍拔出來。現在就去，說不定他們願意談判。」

他們回到海邊，看到草地與樹木都一片祥和，那種感覺實在很奇怪。小船仍舊在原地，平坦的沙灘上半個人影也沒有，大家不禁懷疑露西所說的狀況會不會是憑空想像。但是他們還沒有踏上沙灘，一個聲音就出現了。

「各位止步，不要繼續往前了，」那個聲音說，「我們必須先跟你們談判，我們有五十個，個個手上都有武器。」

「聽他說，聽他說，」群眾齊聲說，「他是我們的首領，你們可以信賴他，他說的都是事實。」

「我沒看見哪裡有五十個戰士。」老脾氣說。

「不錯，不錯，」首領的聲音說，「你們看不見我們，為什麼呢？因為我們是隱形人。」

「說下去，首領，說下去，」其他聲音說，「你的話就是真理，你的話就是最好的答案。」

「不要說話，老脾氣。」賈思潘說，然後他提高嗓門，「隱形人，你們想怎麼樣？我們做了什麼得罪你們？」

「我們要請那個小女孩幫我們一個忙。」首領的聲音說。（其他人跟著說，他們正是這個意思。）

「小女孩！」老脾氣說，「這位女士是女王。」

「我們不知道什麼叫女王，」首領的聲音說，（其他聲音齊聲說：「我們也不知道，我們也不知道。」）「不過她可以替我們做一件事。」

「什麼事？」露西說。

「假如那是有損女王名譽或安全的事，」老脾氣又說，「你會驚訝不管我們有多少人都會戰到不剩一兵一卒。」

「這件事，」首領的聲音說，「說來話長。我們大家是不是先坐下來？」

其他聲音對這個提議大表贊同，但是納尼亞來的這批人仍然站著。

「事情是這樣的，」首領說，「這個島在很久、很久以前是屬於一個魔法師所有，我們都是——或者說，我們以前都是——他的僕人。讓我長話短說吧，我說的這個魔法師叫我們去做一件我們不喜歡的事，為什麼不喜歡呢？因為我們不願意做。於是，這個魔法師大發雷霆；我必須告訴你們，這個島是他的，而且他不習慣有人忤逆他的意思。他是一個非常直截了當的人。我說到哪兒了？對了，魔法師，於是他到樓上（你要知道，他把他所有魔法的東西都放在樓上，我們都住在樓下），對我們下魔咒。一個讓我們變醜的魔咒。如果你們現在看到我們，我想你們會感謝你們的星星讓你們看不見我們，你們絕不會相信我們變醜以前的模樣。你們不會相信，真的。我們變醜之後，每個人都不敢看別人的臉，那我們怎麼辦？我告訴你，我們等到這個魔法師下午睡著之後，壯著膽子偷偷上樓找他的魔法書，看我們能不能找到方法破解這個醜陋的魔咒。不騙你，我們當時緊張得一直流汗發抖。可是，信不信由你，我們竟然找不到解除醜陋魔咒的方法，隨著時間一分一秒過去，又怕老先生隨時可能醒來，我可是緊張得一身大汗，不騙你。總之，長話短說，不知這樣是對或錯，最後我們終於找到一條會使人隱身的魔咒，於是我們想，我們寧願隱身也不願意一直看到自己這麼醜。為什麼？因為我們求好心切。因此，我的小女兒，她大概和你們這位小女孩一樣大，而且她在變醜之前也是個甜蜜的小女孩，可是現在——總之，我的小女兒唸了這段魔咒，因為必須由小女孩或魔法師本人自己唸才有效，你們明白嗎，否則無效。為什麼無效呢？因為什麼事也不會發生。所以我的克莉絲唸了這段魔咒，我必須告訴你們，她唸得好聽極了，我們果然全部都變隱形了。老實說，不必看到彼此的臉實在是個解脫，這當然是一開始，但久而久之，我們又厭倦於隱形了。還有一件事，我們始終無法把這位魔法師（就是我前面說過的這一位）也變成隱形。不過從那時起，我們就再也沒見過他，所以我們不知道他是死了，或離開了，或者他隱身住在樓上，當然也有可能下樓了而且隱身。可是相信我，用聽的是聽不出來的，因為他總是光著腳走路，比一隻大肥貓走路還安靜。坦白告訴諸位先生，我們越來越不能忍受了。」

以上就是首領聲音的故事，不過我把它縮短了，省略其他聲音所說的話。事實上，他每說六、七個字，其他聲音便大聲附和、鼓勵，使納尼亞來的這些人幾乎失去耐性。當他說完故事後，大家一時都沉默下來。

還是露西先打破沉默：「可是，這跟我們有什麼關係？我不懂。」

「啊，原諒我，如果我漏掉了重點。」首領的聲音說。

「你漏掉了重點，你漏掉了重點。」其他聲音熱烈喊叫，「誰都可能會有漏失，加油，首領，加油。」

「我不用再把故事重述一遍。」首領說。

「不用，當然不用。」賈思潘與愛德蒙立即說。

「那我就簡單地說，」首領的聲音說，「我們等了好久，就在等一位從外地來的小女孩，也許就是妳，小姐，上樓找到魔法書上那條可以解除隱形的魔咒，然後唸出來。我們發過誓，最先來到這個島的陌生人（其中還必須有一個很乖的小女孩，否則的話另當別論），如果不能為我們做點有益的事，我們不會讓他們活著離開。所以，諸位先生，如果你們的小女孩無法完成我們要求的任務，我們只好痛苦地殺掉你們全部。這只是公事公辦，希望沒有冒犯你們。」

「我沒有看到你們的武器，」老脾氣說，「它們也是隱形的嗎？」他的話還沒說完，就聽到一陣嗖嗖聲，緊接著一根長矛顫巍巍地插在他們身後的一棵樹幹上。

「這是一根長矛。」首領的聲音說。

「它是長矛，首領，它是長矛，」其他聲音說，「你射得棒極了。」

「它是從我手上射出去的，」首領的聲音說，「它們一離開我們的手就不再隱形了。」

「可是為什麼非要我不可？」露西問，「為什麼不叫你們自己人去？你們都沒有小女孩了嗎？」

「我們不敢，我們不敢，」所有聲音齊聲說，「我們不敢再上樓了。」

「換句話說，」賈思潘說，「你們要求這位女士去面對你們不敢叫你們的姊妹和女兒去面對的危險！」

「對了，對了，」所有的聲音歡喜地說，「你說得對極了，啊，你是受過教育的人，誰都看得出來。」

「真是無恥至極——」愛德蒙說，但是露西打斷他的話。

「我要在晚上上樓，還是白天上樓？」

「啊，白天，當然白天，」首領的聲音說，「不會是晚上，沒有人要求妳晚上去。晚上上樓？嗄！」

「好吧，那我去。」露西說。然後她轉向他們，「不，你們不要阻止我，你們看不出那沒有用嗎？他們有好幾十人，我們打不過他們。我去的話**還有**一點機會。」

「但他是一個魔法師！」賈思潘說。

「我知道，」露西說，「可是他說不定沒有他們說的那麼壞，你不覺得這些人很不勇敢嗎？」

「他們也很不聰明。」尤斯提說。

「露西，」愛德蒙說，「我們不能讓妳去做這件事。問老脾氣，相信他也會說一樣的話。」

「可是，這是在救我自己和你們的性命，」露西說，「我可不想被隱形人用隱形劍剁成肉醬。」

「女王陛下說得對，」老脾氣說，「如果我們能夠以戰鬥的方式拯救她的性命，我們一定責無旁貸，不過依我看是沒有。再說他們的要求不但無損於女王的名譽，而且是個高貴、英勇的行為，如果是女王的善心促使她願意冒魔法師的險，我不會再說任何反對的話。」

由於沒有人知道老脾氣也有過害怕的時刻，所以他說這番話時並不覺得尷尬，可是那些經常感到害怕的男孩子們卻都不自覺地臉紅。不過情況已經十分明顯，他們不得不讓步。隱形人聽了之後都大聲喝采，首領的聲音（其他聲音自然齊聲附和）於是邀請納尼亞王國來的這批人與他們共進晚餐和留下來過夜。尤斯提不願意接受，但是露西說：「我相信他們不是靠不住的人，他們不是這種人。」其他人也都同意。於是在響亮的撞擊聲陪同下（他們一踏進鋪了石板，會發出回音的庭院時，聲音變得更響），他們全都一起回到屋子裡。

10
魔法書

任何一個房間內都可能有魔法師在睡覺，
或醒著，或隱形，或者已經死了。
可是想這些都沒用。她開始出發了。

隱形人以豐盛的晚宴招待他們的貴賓。看見裝著食物的餐盤被端上餐桌，卻不見任何端餐盤的人，實在是很有趣。如果它們像一般所見那樣，與地板平行移動也很有趣，然而不是，它們是以一蹦一跳的方式進入餐廳。最高會跳到十五呎半空中，然後在離地大約三呎的地方猛然停頓一下。如果餐盤內裝盛的是湯類，那結局就很慘了。

「我開始對這些人感到好奇了，」尤斯提小小聲對愛德蒙說，「你想他們是人類嗎？我倒覺得他們很像大蚱蜢或大青蛙。」

「看起來是很像，」愛德蒙說，「不過千萬別對露西說，她最怕昆蟲，尤其是大昆蟲。」

如果上菜的情況不是那麼混亂，還有談話的內容不要老是完全一致呼應，這頓飯吃起來會更愉快些。這些隱形人幾乎對任何事都沒有意見，事實上他們的談話內容大多很難令人持反對意見，譬如：「我常說，人餓了就會想吃東西。」或者：「天黑了，一入夜天就黑了。」或者：「啊，你們從海上來，海水很濕，不是嗎？」露西則忍不住一再注視黑漆漆的樓梯口——從她坐的地方可以看到——

心想明天早上上樓後不知會看到什麼東西。不過這餐飯到底還是十分可口，有蘑菇湯、白斬雞、水煮熱火腿，還有黑醋栗、紅醋栗、凝乳、鮮奶油、牛奶，以及蜂蜜酒。大部分人都喜歡蜂蜜酒，不過事後尤斯提很後悔喝了它。

第二天上午露西醒來，她的感覺好像當天要面對一場考試，或者約好要去看牙醫那天的心情一樣。這是個美好的早晨，蜜蜂嗡嗡地從打開的窗口飛進飛出，外面的草地也像極了英格蘭的風情。她起床梳洗、換衣服，努力裝作沒事一般說話、吃早餐。然後聽了首領的聲音指點她上樓以後應該如何行動後，她向眾人道別，一語不發走到樓梯口，頭也不回地一步一步走上去。

還好樓梯上的光線很充足，因為第一段樓梯口旁就有一扇窗。走到第一段樓梯口時，她聽到樓下大廳內的一座老爺鐘「滴答、滴答」地響著。她必須從這裡左轉再上第二段樓梯。轉進第二段樓梯後，她就再也聽不到老爺鐘的聲音了。

現在她走到樓上的樓梯口了。露西抬頭，看見前面一條寬大的長廊，長廊盡頭有一扇大窗。這條長廊顯然從屋子的這一頭通到另一頭。長廊兩旁有許多雕刻和飾板，地上鋪著地毯，兩邊各有許多開著的門。她靜靜地站著，聽不到一點老鼠或蒼蠅或窗簾飄動的聲音——只有她自己的心跳聲。

「左邊最後一個門。」她告訴自己。要走到最後一個門似乎有點困難，她得經過一個又一個房間，任何一個房間內都可能有魔法師在睡覺，或醒著，或隱形，或者已經死了。可是想這些都沒用。她開始出發了。地毯很厚，她走起來無聲無息。

「不管什麼，現在都還沒什麼好怕的。」露西告訴自己。這確實是一條安靜又陽光充足的走廊，美中不足的是太安靜了。如果門上沒有畫一些鮮紅色的奇怪圖案或許還更好些。那些扭曲、複雜的圖案顯然別具意義，說不定還是不太好的意義。還有，如果牆上不要掛那些面具也會更好些。倒也不是它們醜——其實也還好——而是面具上空洞的眼孔看上去很詭異，如果再多想一下，你會覺得這些面具在你的背後對你做鬼臉。

大約經過六扇門後，她開始真的害怕了。忽然感覺有張長了鬍子的小臉從牆上冒出來對她做鬼臉。她勉強站住，轉頭去看，原來那不是一張臉，而是一面和她的臉一般大的小鏡子，鏡子上有一綹頭髮，鏡子下掛著一綹鬍鬚，所以當你望著鏡子時，你的臉剛好配上鏡子上的頭髮和鬍鬚，就好像從你臉上長出來似的。「原來我是在經過時，從眼角瞥到我自己在鏡中的臉。」露西告訴自己，「不過如此，不會造成傷害。」不過她不喜歡她的臉配上那一綹頭髮和鬍鬚的模樣，所以她繼續走下去。（我不是魔法師，所以我不知道那面長鬍子的鏡子有何作用。）

快要走到左邊最後一個門時，露西開始懷疑走廊彷彿變長了，她心想會不會是這棟屋子的魔法之一。不過她畢竟還是走到了，門是開的。

那是一個大房間，有三面大窗，還有成排從地板到天花板的大書櫥，露西從沒見過這麼多書，有小書、有厚書、有矮胖的書，也有比任何教堂內的《聖經》更大的書，全都用牛皮繩綁著，而且有種古老的、很有學問的，外加神奇的味道。不過從她得到的指示，她知道她不必理會這些書，因為那本書，那本魔法書，就端端正正躺在房間中央一張閱讀桌上。她發現她必須站著讀（反正房間裡也沒有椅子），而且她必須背對著門讀。於是她立刻伸手要把門關上。

但是門關不起來。

也許有人不贊同露西的做法，不過我認為她是對的。她說假如她可以把門關上，她倒也不會太介意，但是在那樣一個地方背對著門口站著，多少總讓人不自在。換了我，我也會有同樣的感覺。可惜當時一點辦法也沒有。

還有一點令她不放心的是那本魔法書的厚度。首領的聲音無法告訴她在書中的哪個地方可以找到使東西現形的魔咒，他甚至被她問得一愣一愣。他以為她會從頭開始，一頁一頁的找，看來他始終沒有想過還有其他方法找到書中的咒語。「搞不好要花好幾天，甚至好幾個禮拜！」露西看著偌大的魔法書說，「感覺我好像已經進來好幾個鐘頭了。」

她走到閱讀桌旁，伸手去摸魔法書；她的手指觸到書皮時，彷彿被電了一下有點刺痛。她想翻開，但是有點困難，後來她發現那是因為書的封面被兩片灰色的夾子固定住，把夾子打開後，便很容易翻開了。她發現這真是一本奇妙非凡的書！

它是用手書寫的，不是印刷的。雖然是手寫的，但筆畫清晰，上頭粗、下頭細，字體很大，字距比印刷的寬鬆，而且是一手非常漂亮的書法，露西呆呆地看了整整一分鐘，忘了要去讀它。書裡頭的紙張有點波紋，但是很平滑，還有著淡淡的香味。頁面四周畫著美麗的圖案，每一條咒語的第一個字母都用了彩色的大寫字母標示。

它沒有目錄，也沒有標題。一開頭就是咒語的內文。前面寫的都是些無關緊要的咒語，多半是用來治療痣（在月光下用銀盆洗手）、牙疼和各種疼痛，以及如何摘下蜜蜂窩。那幅牙疼的圖案畫得栩栩如生，假如你盯著看太久，連你的牙都會開始隱隱作痛。第四條咒語頁面畫著許多金色的蜜蜂，仔細看著會以為牠們真的在飛。

露西看著第一頁都不捨得翻過去，可是她發現第二頁也一樣有趣。「我必須看下去。」她告訴自己。於是她繼續看了大約三十頁，如果她沒記錯的話，其中大致是教導她如何尋找埋藏的寶藏，如何想起忘記的事，如何分辨別人是不是說謊，如何呼喚風雨、青蛙和雪雹，如何使人沉睡，還有如何使人出洋相。她越讀越有趣，書中的圖案也越逼真。

然後她翻到一頁圖案豔麗得使人忘了它的文字。雖然差點忘了，不過她還是注意到前面幾個字，那是：「使她變得比其他人更漂亮的絕對有效的咒語。」露西把臉湊近去看上面畫的圖案，雖然這些圖案看起來有點擁擠混亂，但她發現此刻卻越來越清晰。第一幅圖案畫著一個小女孩站在一張閱讀桌前讀著一本大書，那個女孩的打扮和露西一模一樣。下一個圖案畫著露西（因為圖案中的女孩就是露西）嘴巴張開，一臉吃驚地唸著。第三個圖案畫著她變得比其他人更漂亮。真奇怪，這些圖畫起初很小，現在卻好像和真實的露西一樣大。她們互相對視了一會兒，真實的露西不得不移開視線，因為她被另一個露西的美貌逼得眼花，不過她仍然可以看出她那美麗的臉龐和她有幾分神似。接下來的圖案越來越擁擠、變化也越快速。她看到她自己高高坐在卡羅門競技場的寶座上，來自四面八方的國王都在場上為她的美貌決鬥。後來決鬥演變成戰爭，納尼亞、亞成地、坦摩、卡羅門、格爾瑪，以及泰瑞賓西亞都成為荒地，因為他們的國王、公爵都為了她而參戰，以致荒廢國事。再來是露西回到英格蘭，仍然比其他人更美麗，蘇珊（她一向是家中最漂亮的一個）從美國回來了。圖案中的蘇珊和真實的蘇珊一模一樣，只不過樸素一點，表情也有點不悅，她嫉妒露西令人驚豔的美貌，但是無所謂，現在沒有人在乎她了。

「我**要**唸這個咒語，」露西說，「我不管，我要唸。」她嘴巴上雖然說「我不管」，但她心裡有個強烈的感覺告訴她不可以。

當她回頭去看這個咒語的前幾個字時，文字的中央——她很肯定那裡先前沒有圖案——此刻卻出現一張獅子的大臉，那頭獅子——亞斯藍——正在注視她。這個圖案是以鮮豔的金色畫的，逼真得彷彿他正要從書中走出來，可是她又非常肯定他其實半點也沒移動。無論如何，她非常熟悉他的表情，他正在怒吼，你可以清楚看見他口中的利齒。她很害怕，趕快把這一頁翻過去。

過了一會兒，她翻到一條讓你知道朋友對你的評語的咒語。露西其實好想唸前面那條咒語，就是讓人變漂亮的咒語，因此她覺得她應該要唸這一條，才能假裝她不想唸那一條。為了怕自己改變主意，她唸得很快（別想引誘我告訴你咒語的內容），然後她等著看下一步會有什麼事發生。

結果什麼事也沒有發生，於是她又去看圖案。這時她看見她所期待的現象了。在一節三等座的火車廂中，有兩個女學生坐在一起，她立刻認出她們，她們是瑪裘・普斯頓和安・費瑟史東。現在它不是靜態的圖案了，它會動。她可以看到電線桿從車窗外飛過去，接著她逐漸（就好像收音機的聲音逐漸增大一樣）聽到她們的對話。

「這個學期我還能見到妳嗎？」安說，「還是妳仍然會被露西・皮芬占有？」

「我不懂妳說『占有』是什麼意思。」瑪裘說。

「妳當然懂，」安說，「妳上個學期好迷她。」

「不，我才沒有，」瑪裘說，「我才不會那麼沒有理智。她人不壞，但我在學期結束前就開始對她厭煩了。」

「妳不會再有另一個學期的機會了！」露西氣得大叫，「兩面討好的小妖精。」話一出口，她立即想起她是在對圖片說話，真實的瑪裘遠在另一個世界。

「我一直都在替她著想，」露西對自己說，「我上個學期還替她做了許多事，大家都不喜歡她的時候，我還一直跟她在一起。她自己心裡明白。她什麼人不好說，偏要對安・費瑟史東說那些話！難道我所有的朋友都是這種人？下面還有許多圖案，不，我不想再看下去了，我不看，我不看——」她強忍著把這一頁翻過去，但是一顆憤怒、豆大的淚珠滴下來，濺在書頁上。

下一頁是「振作精神」的咒語，這一頁的圖案比較少，但是非常漂亮，露西發現它不像魔咒，反而像一則故事。它一共有三頁，露西一直讀下去，當她讀到第一頁的最後一行時，她已經忘了她是在讀書，她和書中的故事融為一體，所有的圖案也都成為現實。讀到第三頁即將結束時，她說：「這真是個美麗的故事，它是我所讀過最好看的故事，或許也是我這一生中最好看的故事。啊，我真希望我可以一直讀下去，十年都不要結束。至少我會一遍又一遍重複地讀。」

可是，這本魔法書就在這裡發揮它的魔力了，你不能翻回去。右邊的書頁，也就是往後面的地方，可以繼續翻，可是左邊的書頁卻無法動彈。

「哎呀，好可惜，」露西說，「我好想再讀一遍，至少我得把它記住。讓我想想看……它是在敘述……敘述……哎呀，天哪，它開始褪色了，連最後這一頁也變成空白。好怪異的一本書。我怎麼會忘記呢？它說的是有關一個杯子、一把劍、一棵樹，和一座綠色山丘的故事，我只記得這麼多。我都想不起來了，**怎麼**

辦？」

她後來始終沒有再想起來；從那天起，露西只要一提起好聽的故事，便會想起那個被她遺忘的魔法書裡的故事。

她又翻下去，很驚訝地發現有一頁連一個圖案都沒有，但是前面幾個字寫著：「使隱形的東西現形的咒語」。她先讀一遍，確認所有的字都會讀了，這才大聲唸出來。她立刻知道咒語生效了，因為當她一面在唸時，前一頁最上面的大寫字母漸漸變成彩色，頁面四周的圖案也開始一個個出現，就好像把用隱形墨水寫的紙靠近火苗，隱形的字便會逐漸現形一樣，只不過那種隱形墨水再現時呈檸檬黃色（那是最簡單的隱形墨水），這個卻呈現金黃、靛藍和深紅色。這些圖案都很怪異，其中有一些露西不太喜歡。她心想：「我好像把所有東西都變出原形了，不單單只是那些發出碰撞聲的人。這個地方說不定還有許多其他隱形的東西，我可不想看到他們。」

這時候，她聽到她背後的走廊上傳來輕巧、沉穩的腳步聲，她立即想起人家告訴她魔法師光著腳走路、比一隻大肥貓的腳步還輕這件事。這種情況下，轉身去看總比由著他從背後偷襲要好。露西於是轉身。

她的表情亮了起來（她自己當然不知道），有那麼一瞬間，她幾乎像圖畫中的露西那麼美麗。只見她高興地叫了一聲，伸出雙手往前奔去，原來站在門口的是「萬王之王」雄獅亞斯藍。他活生生地出現，慈愛地任由露西抱著他親吻，把臉埋在他厚厚的鬃毛裡。從他體內發出的低吼聲，使露西相信那是他高興時發出的呼嚕聲。

「喔，亞斯藍，」她說，「你來了，真好。」

「我一直都在這裡，」他說，「不過是妳把我變回原形。」

「亞斯藍！」露西幾乎有點難堪地說，「別開玩笑了，我怎麼可能把你變回原形？」

「的確是妳，」亞斯藍說，「妳以為我能違背我自己的規矩嗎？」

一會兒後，他又開口。

「孩子，」他說，「我想妳偷聽了別人的談話。」

「偷聽？」

「妳聽了妳的兩個同學談論妳。」

「喔，那個？我沒想到那是偷聽，亞斯藍？那不是魔法嗎？」

「利用魔法偷聽別人的談話，和用任何其他方法偷聽是一樣的。而且妳誤會了妳的朋友，她的個性軟弱，但卻是愛妳的。她因為害怕另一個較大的女孩才說了些言不由衷的話。」

「我永遠也忘不了她說的那些話。」

「的確。」

「喔，天啊，」露西說，「我破壞了一切嗎？你是說，假如我不聽到這些談話，我們還會是朋友——一輩子做最好的朋友——現在卻不可能了嗎？」

「孩子，」亞斯藍說，「我以前不是對妳說過，誰也不知道**以後的事**？」

「是的，亞斯藍，你以前說過，」露西說，「對不起，可是——」

「說吧，親愛的。」

「我可以再讀一遍那個故事嗎，那個我想不起來的故事？你能再說給我聽嗎？喔，拜託，求求你。」

「可以啊，我以後可以不斷地說給妳聽，不過，現在我們必須先見見這個屋子的主人。」

11

快樂的蹩獨腳仙

奇特的現象發生了。每一朵「蘑菇」忽然都倒立起來，
原來那一小包躺在葦梗底下的東西是頭和身體，
葦梗就是他們的腿，但不是兩條腿，
每個身體底下都只有一條粗粗的腿……

露西跟著獅子來到長廊，立刻看到迎面走來一位光著腳、身穿紅袍的老先生。他的白髮上戴著一圈橡樹葉編成的頭冠，鬍鬚長到他的腰帶，他手上撐著一根雕刻著奇形怪狀物體的枴杖。當他看到亞斯藍時，很恭敬地向他行禮，並說：

「歡迎陛下蒞臨寒舍。」

「柯瑞金，我讓你統治這些蠢材，你累了嗎？」

「沒有，」魔法師說，「他們雖然蠢，但不會造成真正的傷害，我甚至開始喜歡他們了呢。不過，也許我在等他們多長點智慧，而不是光靠粗糙的魔法，這讓我有點失去耐性。」

「大致來說都還不錯，柯瑞金。」亞斯藍說。

「是的，大致來說都很好，陛下，」柯瑞金說，「您打算在他們面前現身嗎？」

「不，」獅子說，同時低吼一聲，意思相當於（露西以為的）笑一笑，「我會把他們嚇昏。要等你的人民長出智慧，恐怕需要經過無數次物換星移。今天天黑以前，我還得去看矮人川卜金，他還在凱爾帕拉瓦宮痴痴地等待他的主人賈思潘回家。我會把你們的故事都說給他聽，露西。不要難過，我們很快還會再見。」

「亞斯藍，你說『很快』是多快？」露西說。

「任何時間都『很快』。」亞斯藍說完，立刻消失不見，剩下露西和魔法師。

「他走了！」他說，「妳和我都一樣沮喪。總是這樣，留不住他，他可不是一頭**馴服**的獅子。如何，妳還喜歡我的書嗎？」

「有些部分我很喜歡，」露西說，「你一直知道我在那裡？」

「我當然知道，當我聽任『蹩腳仙』把他們自己隱形時，我就知道妳會來解除魔咒，只不過我不確知是哪一天。妳曉得他們把我也變隱形了，我只要隱形就會變得很愛睡。嗨唷——看吧，我又打呵欠了。妳餓了嗎？」

「好像有一點，」露西說，「不知現在幾點了？」

「來吧，」魔法師說，「亞斯藍說任何時間都很快，在我家，任何肚子餓的時間都是一點鐘。」

他帶著她走過一小段走廊，打開一扇門，進去。露西發現她來到一個充滿陽光和鮮花的房間，他們進門時桌上是空的，不過它當然是一張魔法桌，老先生一聲令下，桌布、銀器、盤碗、玻璃杯和食物，都一一出現了。

「希望合妳的胃口，」他說，「我已經盡可能給妳在你們國內吃的食物了。」

「好棒。」露西說。確實如此，桌上有：一個還在嗞嗞響的熱荷包蛋、小羊肉冷盤配青豆、一個草莓冰淇淋、一杯搾檸檬汁，接著再來一杯巧克力。但是魔法師自己只喝葡萄酒、吃麵包。露西和他很快便像多年的老朋友一樣聊起來。

「魔咒是什麼時候開始生效的？」露西問，「那些蹩腳仙立刻現形了嗎？」

「啊，是的，他們立刻現形，不過他們恐怕都還在睡覺，他們通常在中午時會休息一下。」

「既然他們都不再隱形，你還讓他們繼續醜下去嗎？你會讓他們恢復以前的模樣嗎？」

「啊，這是個微妙的問題，」魔法師說，「其實只有**他們**自己以為他們以前很好看，他們說他們被變醜了，但我不認為，許多人可能會說這樣的改變反而更好呢。」

「他們很自大嗎？」

「是啊，至少蹩腳仙首領是，而且他教導其他人也跟著自大。他們完全聽信他說的每一句話。」

「我們都注意到了。」露西說。

「是的，應該除掉他才好。當然，我也可以把他變成其他東西，或者對他施咒，讓其他人不再聽信他的話。不過我不喜歡這樣，對他們而言，仰慕他比沒有可仰慕的對象要來得好。」

「他們不仰慕你嗎？」露西問。

「啊，不，」魔法師說，「他們不仰**慕我**。」

「你為什麼把他們變醜——我的意思是，怎麼個**醜法**？」

「那是因為他們不聽話。他們的工作是整理花園和栽種食物——不是為我，他們以為是為我，其實是為他們自己。如果我不逼他們，他們根本不肯工作。當然，整理花園需要用水，大約半哩外的山坡上有一處很乾淨的水源，水源流出來的小溪就經過花園，我不過是要求他們從小溪提水，不要跑那麼遠，一天來回兩、三趟，不但累得半死，水也灑光了。可是他們不懂，最後乾脆斷然拒絕。」

「他們都那麼蠢嗎？」露西問。

魔法師嘆口氣：「妳不會相信我跟他們之間的摩擦有多大。幾個月前，他們全部改在飯前洗碗盤刀叉，說這樣吃過飯後就不用洗了。我還曾經逮到他們在土裡種煮熟的馬鈴薯，說這樣長出來就馬上可以吃了。有一天，一隻貓跑進牧場，結果有二十個人忙著把所有的牛奶搬運出來，就沒有一個人想到把貓趕出去。妳吃飽了？我們去看看這些蹩腳仙現在是什麼模樣。」

他們進入另一個房間，那裡面有許多擦得發亮，但是難以了解用途的器具，如：星盤、渾天儀、經緯儀、詩律儀、計時儀等。他們走近窗口，魔法師說：「在那裡，那就是妳的蹩腳仙。」

「我沒看到人呀，」露西說，「那些長得像蘑菇的是什麼東西？」

她所指的東西布滿整座草坪，它們看起來確實很像蘑菇，但是比蘑菇大許多——蕈梗大約有三呎高，蕈傘的長度也差不多。她再仔細看，發現蕈梗和蕈傘相連的地方不在中央，而在旁邊，因此看起來有點不平衡。還有，每一朵蘑菇蕈梗的底部好像有一包什麼東西躺在草地上。她看得越仔細，越覺得它們不像蘑菇，它們的蕈傘不是圓形的，而是有點長形，同時一頭較寬、一頭較窄。數一數，大約有五十多朵。

鐘聲敲了三響。

奇特的現象發生了。每一朵「蘑菇」忽然都倒立起來，原來那一小包躺在蕈梗底下的東西是頭和身體，蕈梗就是他們的腿，但不是兩條腿，每個身體底下都只有一條粗粗的腿（可也不像獨腳人那樣長在一邊），腿下面是一隻巨大的腳丫——一隻腳板很寬、腳趾有點彎曲，所以看上去有點像一艘小船的腳丫。他們剛才躺在草地上休息，一條腿垂直舉得高高的，腳丫平放在上頭。她後來才知道，這原來是他們平常睡覺的姿勢，因為大腳丫可以為他們遮擋陽光和雨水。對獨腳仙來說，躺在自己的腳丫子下面就好像躺在帳篷內一樣舒服。

「哈，真好玩，真好玩，」露西大笑說，「是你把他們變成這樣嗎？」

「是的，我把蹩腳仙變成獨腳仙，」魔法師說，他也笑到眼淚都流出來，「可是妳看。」他又說。

確實值得看。這些小獨腳仙當然不能像我們一樣走路或跑步，他們只能用跳的，像跳蚤或青蛙那樣。瞧他們跳的樣子！——彷彿每一隻腳丫子都是一個大彈簧，他們每跳一下，就發出巨大的碰撞聲，也就是害露西昨天懷疑半天的聲音。現在他們到處跳來跳去，彼此互相呼喊：「嘿，傢伙們！我們又現形了！」

「我們現形了，」一個戴著紅色流蘇帽、顯然是首領的獨腳仙說，「我說嘛，我們一旦現形，大家就可以看到彼此了。」

「啊，說得是，說得是，首領，」其他人齊聲說，「說得對極了，沒有人頭腦比你更清楚，你說得對極了。」

「她逮到老頭睡午覺，這個小妮子，」獨腳仙首領說，「這一次我們擊敗他了。」

「我們也是這麼說，」其他人齊聲說，「你今天比以往更強了，首領，加油，加油。」

「他們敢當面這樣說你嗎？」露西說，「昨天他們好像很怕你，他們難道不知道你也許都聽見了嗎？」

「這就是蹩腳仙好玩的地方，」魔法師說，「上一分鐘他們把我說成我高高在上、無所不知的危險人物，下一分鐘他們又以為他們已經用連小娃娃都看得出的幼稚手段騙過我——唉，可憐！」

「他們會變回以前的模樣嗎？」露西問，「噢，我真希望這樣不會太殘酷，他們真的不會很在乎嗎？他們好像還滿快樂的，看他們跳躍的樣子。他們以前長什麼樣子？」

「就是普通的小矮人，」魔法師說，「不會比妳在納尼亞看到的矮人好看。」

「把他們變回去的話多可惜，」露西說，「瞧他們多好玩，而且他們也不壞。我可以這樣告訴他們嗎？你想會有差別嗎？」

「我想一定會——如果他們聽得進去的話。」

「你要不要和我一起去試試？」

「啊，不，妳自己去會比較好。」

「那多謝你的午餐。」露西說著，很快離開了。她跑下早上還讓她緊張萬分的樓梯，一頭撞上站在樓梯口的愛德蒙。其他人也都和他一起站在那裡等待。露西看到他們臉上焦急的表情，這才發現她早已把他們忘了，良心上不免感到不安。

「沒事了，」她大聲說，「一切都沒事了。魔法師是個大好人——而且我看到他了——亞斯藍。」

說完，她像一陣風似地跑進花園。花園裡被蹦跳聲震得彷彿地震，空中迴盪著獨腳仙的叫聲，當他們看見露西時，震動聲與歡呼聲更大了。

「她來了，她來了，」他們呼喊，「為這位小姑娘歡呼三聲。啊！她把那位老先生擺平了。」

「真可惜，」獨腳仙首領說，「沒辦法讓妳享受親眼見到我們變醜以前模樣的樂趣，妳一定不敢相信那種天差地別。真的，不可否認，我們現在醜死了，不騙妳。」

「啊，可不是，首領，可不是，」其他人附和，蹦蹦跳跳的，像許多玩具氣球，「你說得對，你說得對。」

「可是我不覺得呀，」露西說，她得大聲喊才聽得見自己的聲音，「我覺得你們現在都很好看。」

「聽到沒，聽到沒，」獨腳仙說，「妳說對了，小姑娘，我們很好看，妳再也找不到比我們更好看的了。」他們對於自己會說出這番話一點也不感到意外，而且他們好像也沒發現他們的心靈改變了。

「她說了，」獨腳仙首領說，「我們變醜以前長得好好看。」

「你說得對，首領，你說得對，」其他人又齊聲說，「她是這樣說，我們都聽到了。」

「我沒有，」露西急了，「我是說，你們現在很好看。」

「她是這樣說，她是這樣說，」獨腳仙首領說，「她說我們以前很好看。」

「聽他們說，聽他們說，」獨腳仙說，「你們真是一對好搭檔，永遠是對的。他們說得太好了。」

「可是，我們說的正好相反呀。」露西說，急得直頓腳。

「是啊，是啊，」獨腳仙們說，「相反得好，加油，兩位都加油。」

「你們真會把人逼瘋。」露西說著，決定放棄。但是獨腳仙們似乎相當滿意，所以她的結論是這場對話算是成功。

在當天晚上就寢以前，又發生了一件事使他們更滿意他們獨腳的樣子。賈思潘和全體納尼亞人盡快回到岸邊，把消息告知萊斯和其他在「黎明行者號」留守的人，他們早已經焦急得不得了。獨腳仙們當然也跟著一起去，像足球般蹦蹦跳跳，又彼此大聲互相回應。尤斯提忍不住說：「我希望魔法師是把他們變聽不見了，而不是變看不見了。」（他說完立刻後悔了，因為他得解釋「聽不見」是指聽不到某些聲音。但是他雖然費盡唇舌說明，獨腳仙們似乎仍然不很了解。他最氣的還是他們後來說了一句話：「啊，他沒法子像首領那樣說話，不過沒關係，少年仔，跟他學，加油。他會教你怎樣說話，你有一個學說話的好榜樣！」）當他們抵達岸邊時，老脾氣想到一個很棒的點子，他放下他的小獨木舟，坐進去一直划，直到獨腳仙們也發生興趣。然後他站起來說：「聰明的獨腳仙們，你們不需要船，你們每個人都有一隻大腳，這就是你們的船，只要輕輕地跳到水上，看看會有什麼結果。」

獨腳仙首領立刻後退，並警告他們海水很濕，但是有一、兩個年輕的獨腳仙幾乎立即嘗試；接著又有幾個獨腳仙也學他們。最後所有獨腳仙都下去了。果然效果非常好。獨腳仙的大腳就像一艘天生的小船。老脾氣又教他們製作一枝槳，只見他們個個划著槳，在海灣附近繞著「黎明行者號」探險，看上去就像一支矮人艦隊，每個肥胖的小矮人都直挺挺地站在船尾。他們還舉行划水比賽，從船上頒發葡萄酒給優勝的參賽者。水手們靠在船邊觀賞，笑到兩邊臉頰發疼。

小矮人同時也很喜歡他們的新名字「獨腳仙」，這個名稱聽起來很高尚，不過他們的音都發不準。「我們是『肚腳仙』」他們說，「『蹩度腳』，『蹩度腳仙』，想到什麼唸什麼。」但是他們很快就和原來的名稱搞混了，最後他們決定叫自己為「蹩獨腳仙」，看來往後幾世紀他們都會沿用這個稱呼。

當天晚上，全體納尼亞人都在樓上與魔法師共進晚餐。露西現在已經不再對樓上感到畏懼，因此在她眼中，樓上有了完全不同的新氣象。門上的記號依然神祕，但此刻看來卻有種愉快的涵義，連戴鬍子的鏡子似乎也變得好玩而不再可怕了。餐桌上，每個人都有魔法變出來的最愛吃的菜和飲料。飯後，魔法師為他們表演實用又美麗的小魔術。他在桌上鋪著兩張空白的羊皮紙，要求垂尼安告訴他航行途中每一個大大小小的停駐點。當垂尼安娓娓說出這一路上經過的地方時，羊皮紙上便出現細緻的線條，繪出那個地方的圖形。等垂尼安說完，每張羊皮紙都完成一幅精緻的「東方海洋圖」，上面有格爾瑪、泰瑞賓西亞、七島、寂島、龍島、火燒島、死亡湖之島和蹩腳仙島，大小和地理位置一點也不差，這就是這些海島最早的地圖，比任何沒有魔法以前所畫的地圖還要精細。魔法師又借他們一把放大鏡，透過放大鏡，你看到它們簡直跟真的一樣，可以看見那羅港的城堡、奴隸市場和街道。一切景物都很清晰，但是非常遙遠，彷彿從望遠鏡的另一頭去看。唯一的缺點是大部分島嶼的海岸線都不完整，因為地圖只能顯示垂尼安親眼見過的部分。地圖完成後，魔法師自己保留一份，另一份送給賈思潘，直到現在，這張地圖還掛在凱爾帕拉瓦宮的儀器廳內。魔法師也無法告訴他們再往東方過去有什麼海洋與島嶼，不過他告訴他們，大約七年以前，有一艘納尼亞的船隻進入他的水域，船上載有雷維林勛爵、阿格茲勛爵、馬拉蒙勛爵和路普勛爵，因此他們判斷他們在死亡湖之島看到的金人，應該就是雷斯特馬勛爵。

第二天，魔法師用魔法為他們修好「黎明行者號」被海蛇破壞的船尾，並為他們裝滿實用的禮物。他們相互溫馨地道別，當船隻離港，正午過後的兩點，所有的蹩獨腳仙都划水陪著它航行到出海口，並大聲歡送他們，直到聽不見聲音為止。

12
黑暗之島

他們在毫無心理準備的情況下，忽然發現它就近在咫尺，
而且它非但不是陸地，也不是他們原先以為的霧氣。
它只是一片黑暗……

這段歷險結束後，他們靠著溫和的微風往南偏東航行了十二天。這段期間，天空大致上都很晴朗，氣候也很溫暖，但是看不見一隻鳥或一條魚，只有偶爾可見幾隻鯨魚在右舷的遠方噴水。露西和老脾氣下了很多盤棋。然後進入第十三天，愛德蒙從桅樓發現左舷船頭方向的海面上，出現一座巨大的黑色高山的陰影。

他們調整航線，朝著這座山的方向前進。大部分時候他們都靠搖槳，因為風向不往東北邊吹。黃昏降臨時，他們離目的地仍然十分遙遠，因此得連夜趕路。次日上午，天氣不錯，但是周遭一片寂靜，黑色的陰影仍在眼前，越來越近，也越來越大，但是因為視線模糊，有人認為它還在很遠的距離之外，但也有人認為他們闖進霧中。

上午九點左右，他們在毫無心理準備的情況下，忽然發現它就近在咫尺，而且它非但不是陸地，也不是他們原先以為的霧氣。它只是一片黑暗。這樣說也許很難理解，不過你不妨想像從鐵路隧道入口往裡看——一條很長，或者彎彎曲曲，以致看不見盡頭出口的鐵路隧道。於是你知道，前面幾呎的距離內，你只能就著白晝的光看見鐵軌和枕木，再往內走光線逐漸黯淡，到最後完全看不見。當然，它的分界線不是那麼清楚，它是緩緩的、一層深似一層，終至完全黑暗。這裡的情況正是如此。在他們船頭前數呎的地方，可以看到浩瀚的碧藍海水，再過去的海水是淺灰色的，好像夜晚來臨前的海面，但再過去便是完全的漆黑，就好像來到沒有月光與星光的黑夜邊緣。

賈思潘下令水手長停止前進，除了負責搖槳的水手以外，其餘的都衝上來凝視船頭的方向，可是什麼也看不見。在他們背後是大海與豔陽，在他們前方卻是一片黑暗。

「我們要進去嗎？」最後賈思潘說。

「我看是不要。」垂尼安說。

「船長說得對。」幾個水手說。

「我也覺得他有道理。」愛德蒙說。

露西與尤斯提沒有開口，不過他們內心很高興大家都想改變主意。這時，老脾氣充滿智慧的聲音打破沉默。

「為什麼不去？」他說，「有人能告訴我不去的原因嗎？」

沒有人搶著回答，於是老脾氣接著說：

「如果我說話的對象是農民或奴隸，我可能會說這是懦夫的建議。但我希望永遠不會有人在納尼亞說，有一群貴族和皇室人員在他們的花樣年華中，因為怕黑而畏首畏尾。」

「可是，在黑暗中摸索前進又有什麼好處？」垂尼安問。

「好處？」老脾氣回答，「好處，船長？假如你說的是填飽肚子或荷包這種好處，我承認它一點好處也沒有。就我所知，我們這次出海並不是為了尋找什麼有用的東西，而是為了追求榮譽和冒險。眼前就有我所知道最偉大的冒險，假如我們掉頭而去，無疑是貶低了我們的榮譽。」

若干水手小聲嘀咕著「榮譽有何屁用？」之類的話，但賈思潘說：

「噢，老脾氣，你**真不嫌煩**，我真希望沒帶你出來。好吧！假如你這麼說，我想我們只好前進。除非露西不同意？」

露西心中其實老大不願意，不過她還是大聲說：「我同意。」

「陛下至少下令點燈吧？」垂尼安說。

「當然，」賈思潘說，「你來負責，船長。」

於是船頭、船尾，還有桅頂點起了三盞燈，垂尼安又下令在船身中間點起兩枝火把。燈火在陽光中顯得十分黯淡微弱。除了下層甲板搖槳的水手外，其餘的都被傳喚到甲板上，全副武裝，手持利劍各就戰鬥位置。露西與兩位弓箭手被派往船頭的戰鬥制高點，箭在弦上，已做好萬全的準備。萊尼站在船頭的戰鬥線上，隨時準備發動攻勢。老脾氣、愛德蒙、尤斯提和賈思潘穿上閃亮的鎧甲，和他站在一起。垂尼安負責掌舵。

「現在，以亞斯藍之名，前進！」賈思潘大聲下令，「緩慢、穩定地前進，每個人都保持安靜，仔細聽取命令。」

「黎明行者號」在輕微的嘎吱聲中緩緩前進，全體人員排成一列嚴陣以待。露西站在制高點，視線最佳，船身進入黑暗的那一剎那她看得一清二楚。船頭在陽光離開船尾前已經沒入黑暗中，這一幕她也看到了。前一刻，鍍金的船尾、蔚藍的大海與天空都還在豔麗的陽光下；下一刻，海、天都同時消失了，船尾的燈火——本來幾乎看不見——是唯一可以顯示船身長度的標記。露西站在燈籠前，依稀可以看出垂尼安掌舵的黑色身影。她的腳下有兩枝火炬照亮一小塊甲板，也照亮了寶劍和鎧甲。再往前又有一道弧形的燈光照射在前桅的上甲板。除此之外，只有她頭上的桅頂還有一盞燈。這一切都只是茫茫黑暗中僅有的一點光芒，有點像不合時宜的光線一樣，顯得過於絢麗與不自然。她還注意到她很冷。

這段黑暗之旅進行了多久，沒有人知道。除了搖槳的聲音和木槳撥水的聲音外，看不出船隻有在移動。愛德蒙從船頭偷偷往外看，除了燈火照射在海面上的倒影外，什麼也沒有。水上的倒影看起來有點沉滯，船頭激起的漣漪看上去也彷彿沉重、微細，毫無生氣。時間一分一秒過去，除了搖槳的人以外，其他人都開始因為寒冷而顫抖。

忽然，不知道從什麼地方——這時候已經分不清方向了——傳來呼救聲，這個聲音要不是某個非人類的聲音，就是因為極度恐懼而使某個人發出不像人的聲音。

賈思潘正想開口——他這個時候口很乾——老脾氣尖細的聲音已經響起，他的聲音在寂靜中顯得更加大聲。

「誰在呼叫？」他說，「假如你是敵人，我們可不怕你。假如你是朋友，你的敵人將會從我們身上嘗到害怕的滋味。」

「救命！」那個聲音喊道，「救命啊！即使你們不過是一場夢，也請發發慈悲，救我上船吧。就算你們把我打死了，也要把我帶走，但是看在老天慈悲的分上，請不要離開，不要把我一個人丟在這個恐怖的島上。」

「你在哪裡？」賈思潘大聲說，「上船吧，歡迎你。」

他們又聽到另一聲呼喊，不知是歡喜或恐懼，然後他們知道那人朝著他們這邊游水過來了。

「準備拉他上來，兄弟們。」賈思潘說。

「嗨，嗨，陛下。」水手們說。幾個人拿著繩索聚集在左舷的舷牆邊等候，其中一人彎身出去，用火把照明。不久，一張野人般蒼白的臉出現在漆黑的水面上，眾人七手八腳又拖又拉，十幾隻友善的手終於將這個陌生人拉上船。

愛德蒙心裡想著從沒見過任何人長得這麼像野人。這個人雖然不很老，卻有著一頭雜亂如稻草般的白髮，他的臉瘦削而憔悴，身上只穿著幾片破布。他最醒目的地方還是他的眼睛，兩個眼睛睜得大大的，彷彿沒有眼瞼，空洞的眼神充滿恐懼。他一踏上甲板，立刻說：

「飛呀！快飛！快把船掉頭，趕快飛！划呀，划呀，用力划，趕快離開這個被詛咒的地方逃命呀！」

「鎮定些，」老脾氣說，「告訴我們有什麼危險。我們不習慣飛。」陌生人聽到老鼠的聲音露出恐懼的神態，他因為太激動，一直沒有注意到老鼠的存在。

「不管怎樣，快快離開這裡就是，」他喘著氣說，「這是一個夢會成真的島。」

「這正是我一直在尋找的地方，」一個水手說，「如果我在這裡登陸，那不就會發現我和南西結婚了嗎？」

「我會發現湯姆又活過來了。」另一個水手說。

「傻瓜！」那人說，氣得跳腳，「我就是有這種想法才到這裡，早知如此，我寧可淹死或沒有出生也不要來。你們聽見了嗎？這是個夢——睡覺時做的夢，懂嗎——夢會成真的地方。不是白日夢，是睡夢的夢。」

眾人一時無語，過了一會兒，人家彷彿大夢初醒，紛紛飛奔下去，抓起木槳用力地划。垂尼安轉動船舵，水手長前所未見地快速發號施令，因為一瞬間，人人都猛然想起他們曾經做過的夢——那些讓你不敢再闔上眼睛睡覺的夢——如果真的到了一個夢會成真的地方，那後果真是不堪設想。

只有老脾氣依舊氣定神閒。

「陛下，陛下，」他說，「您能忍受這種叛變、這種膽怯嗎？這是恐慌，這是潰敗呀！」

「划呀，划呀，」賈思潘下令，「全力撤退。船頭的方向對了沒，垂尼安？你愛怎麼說都隨你，老脾氣，有些事不是人類可以面對的。」

「是啊，所以我運氣好沒有生為人。」老脾氣悻悻地說，僵硬地鞠個躬。

露西在高處聽到了他們的談話。剎那間，她的腦海立刻浮現一個她曾經努力想忘懷的夢，現在這個夢又鮮活地出現，彷彿剛剛才從夢中驚醒。原來那個島就是他們一心想遺忘的黑色的角落！她忽然很想下去和愛德蒙與賈思潘在一起，可是那有用嗎？假如惡夢成真，愛德蒙與賈思潘說不定會在她奔向他們的那一刻忽然變成可怕的東西。她緊緊抓住桅樓的欄杆，努力穩定自己。他們正拚命往光明的地方划過去，再過幾分鐘就沒事了。可是，假如現在就沒事了，那該多好！

搖槳的聲音雖然很大聲，卻無法完全掩蓋四周的死寂。大家都明白，最好不要去聽，不要豎起耳朵去聽黑暗中的任何聲音。然而大家還是忍不住會聽，很快地，每個人都聽到聲音了，而且每個人都聽到不同的聲音。

「你有沒有聽到一個聲音……好像一把大剪刀在剪東西的聲音……在那一頭？」尤斯提問萊尼。

「噓！」萊尼說，「我聽到**他們**爬到船邊了。」

「那只是扯帆的聲音。」賈思潘說。

「啊！」一名水手說，「鑼聲又開始了，我就知道。」

賈思潘強忍著不要東張西望（尤其是不要看他背後），他走上去找垂尼安。

「垂尼安，」他低聲說，「我們划了多久？——我是說，我們划多久才到那接陌生人的地方？」

「大概五分鐘吧，」垂尼安小聲說，「怎麼了？」

「因為我們出來划了不止五分鐘了。」

垂尼安握著船舵的手開始發抖，一道冷汗從他臉上緩緩流下。船上的每一個人都想到這個問題。「我們出不去了，出不去了。」搖槳的人痛苦地說，「他指錯方向，我們一直在繞圈子，我們永遠出不去了。」那個陌生人本來躺在甲板上，這時忽然坐起來，發出恐怖的笑聲。

「永遠出不去了！」他大聲嚷，「是啊，當然，我們永遠出不去了。我真傻，還以為他們會輕易地放我走。不，不，我們永遠出不去了。」

露西把頭抵著桅樓的欄杆，低聲禱告：「亞斯藍，亞斯藍，如果你愛我們，請快來救我們。」說完，黑暗並沒有減少，但她開始覺得好一點──一點點。她想：「畢竟我們還沒遭遇到任何不幸。」

「你們看！」萊尼這時忽然從船頭大叫。前面出現一個小光點，當他們注視的時候，這個光點射出一道光束落在船上。它沒有改變周遭的黑暗，卻彷彿一道探照燈般照亮了整艘船。賈思潘眨眨眼，看看四周，發現每個同伴的臉上都帶著激動、專注的表情，每個人都凝視著相同的方向，他們的身後都出現自己黑白分明的影子。

露西望著光束，現在她發現那裡有個東西了。它乍看之下好像一個十字架，再看又像一架飛機，然後又像一只風箏，最後發現牠揮動著翅膀在他們上空盤旋，原來那是一隻信天翁。牠在船桅上盤旋飛了三圈後，停在鍍金的龍頭上。牠發出強有力但溫柔的叫聲，彷彿在說話，但是沒有人聽得懂。然後牠拍拍翅膀，飛起來，開始緩慢地往前靠右舷的方向飛去。垂尼安毫不遲疑地轉舵跟著牠走。全船的人只有露西心裡明白這是怎麼回事，因為信天翁在桅頂盤旋時，便對她低聲說：「要勇敢，親愛的。」她確信那是亞斯藍的聲音，同時她也感覺到一股芳香的味道撲在她臉上。

不久，黑暗漸漸轉為灰暗，就在他們還來不及生出希望前，頃刻間他們已經進入陽光普照、溫暖蔚藍的世界之中。眾人當下明白，他們再也不用擔心害怕了，他們眨眨眼睛，看看四周，船上豔麗的色彩連他們都感到驚訝，他們從來沒有想到黑暗竟會使白色、綠色與金色變成煤灰般髒汙的顏色。於是，一個接一個，他們開心地笑起來。

「我覺得我們給自己開了一個大玩笑。」萊尼說。

露西趕快下到甲板，大夥兒這時已經都圍繞在陌生人四周。他一時高興得說不出話來，只能望著大海和太陽，撫摸著舷牆和繩索，彷彿要確認他已經從惡夢中醒來，兩行淚水從他的臉頰上滑下來。

「謝謝你們，」他終於開口說，「你們把我從……我不要說這兩個字……救出來，我要知道你們是什麼人。我是納尼亞人，在我還有點權勢時，我是路普勛爵。」

賈思潘說：「我是納尼亞國王賈思潘，我渡海出來尋找你和你的同伴，你們都是我父王的朋友。」

路普勛爵跪下來，親吻國王的手。「陛下，」他說，「您是我這一生中最想見的人，我有一個請求。」

「什麼？」賈思潘問。

「永遠再也不要叫我回來這裡。」他說，指著船尾的方向。他們都順著他指的方向看，但只看到蔚藍的大海和天空，黑暗之島與無邊的黑暗早已消失無蹤。

「怎麼！」路普勛爵驚訝地說，「您已經摧毀它了！」

「我想不是我們。」露西說。

「陛下，」垂尼安說，「此刻風向正對著東南方，能不能讓我可憐的夥伴上來，升帆前進？他們好休息一下。」

「好的，」賈思潘說，「讓大家喝個痛快吧。啊——嗯，我也可以好好睡一覺了。」

下午大夥兒就在溫和的風中快樂地往東南方航行，但是誰也沒有注意到信天翁不知何時消失不見了。

13
三個沉睡的勛爵

他們身上裹著防風斗篷，靜靜坐著等候。
起初他們試著說話，但是話不多。
於是他們默默地坐著，聽著海潮拍打沙岸的聲音。

風持續吹著，但是一天比一天輕柔，直到終於有一天，風勢小到連海面都只見一道道漣漪，船平穩地滑行，彷彿在湖心上。每天晚上，他們都在東方看到新升起的星群，那是他們在納尼亞從沒見過的。露西心想，這個世間恐怕也沒有人見過這些星群。這個想法令她半憂半喜。這些星星不但大，而且明亮。同時夜晚也十分暖和，大部分人都睡在甲板上，聊天聊到深夜，或者靠著船邊，注視著被船頭激起的浪花所產生的泡沫，在明亮的夜色下跳動，一閃一閃發出亮光。

在一個非常美麗的黃昏，夕陽落到背後，把天空染成深紅與深紫，色彩斑斕的天空看上去似乎比往日更廣闊，就在此時，他們在右舷船頭的方向看見陸地。它緩緩接近，身後的夕陽把這個陌生國度的海角與陸岬染成火紅色。他們沿著海岸航行，現在它的西部海角在他們的船尾部分，背對著火紅天空的地方則呈暗黑色，而且頭角崢嶸，好像從硬紙板割出來似的，他們這時才把這個陌生地看個清楚。它沒有高山，只有平緩如枕頭的丘陵，有一股迷人的香味——露西形容它是「一種朦朧的、尊貴的氣味」，愛德蒙則說那是霉味（萊斯也這樣認為），賈思潘說：「我明白你的意思。」

他們又航行好一陣子，經過一個又一個海岬，想找一處好的深水港，最後還是將就著在一處寬廣但是水不太深的淺水灣下錨。海面雖然看起來平靜，但是仍有一波波海浪拍打著沙灘，因此「黎明行者號」無法靠岸。他們在離沙岸還有一段距離的海灣下錨後，必須換乘小船登陸。路普勛爵仍然留在船上，他不願意再看到任何陸地。他們在島上停留期間，浪花拍岸的聲音始終不絕於耳。

賈思潘下令兩名水手留守小船，他帶著其他人上岸，但是天快黑了，所以他們不能走太遠去探險。事實上，他們也不需要走遠路去探險，因為海灣附近的平地河谷既沒有道路或小徑，也沒有人跡。地上倒是長著一層厚厚的草，愛德蒙和露西都以為是石南，但是精通植物的尤斯提說不是，或許他才對，不過兩者間的確很相像。

當他們離開海岸走了大約兩枝箭射程的距離時，垂尼安說：「你們看！那是什麼？」每個人都停下腳步。

「那是大樹嗎？」賈思潘說。

「我想是高塔。」尤斯提說。

「說不定是巨人。」愛德蒙小聲說。

「發現真相的方法就是直接面對它。」老脾氣說著，拔出劍，大踏步走在最前面。

「我覺得是一處廢墟。」當他們更接近時，露西說。到目前為止，她的猜測最接近。現在他們看到一塊很大的橢圓形空地，四周圍著巨大的灰色石柱，但是沒有屋頂。空地中央有一張長桌，上面鋪著一塊深紅色的桌布，桌布的邊緣幾乎垂到地面。桌子的兩邊有許多石椅，上面雕刻著美麗的圖案，座椅上還有絲質軟墊，桌子上擺滿豐富的食物，那是連「崇高的彼得大帝」的凱爾帕拉瓦宮也沒有過的空前盛宴，有火雞、燒鵝和孔雀，還有野豬的頭和鹿肉，更有許多形狀像揚帆的船隻、龍和大象的派，冰涼的布丁，以及鮮紅的龍蝦和新鮮得發亮的鮭魚，更少不了一些核仁、葡萄、鳳梨、桃子、石榴、甜瓜和番茄。另外有許多黃金和白銀製造的酒壺，以及造型奇特的玻璃器皿。水果與葡萄酒的芳香撲鼻，彷彿宣告這將是一場快樂的盛宴。

「**我的天！**」露西說。

他們越走越近，大家都默不作聲。

「可是，賓客在哪裡？」尤斯提說。

「我們可以權充賓客，陛下。」萊斯說。

「看！」愛德蒙忽然說。現在他們走進石柱內了，每個人都往愛德蒙手指的方向望去，石椅上並不全是空的，在長桌一端以及旁邊兩個座位上都有東西。

「那是**什麼**？」露西小聲說，「看起來好像三隻海狸坐在椅子上。」

「或者是個巨大的鳥巢。」愛德蒙說。

「我看像一堆稻草。」賈思潘說。

老脾氣一個箭步向前，跳上石椅後緊接著跳上餐桌，踮著腳尖像個舞者，靈巧地在精緻的金銀酒杯、堆成金字塔狀的水果，以及象牙鹽罐間穿梭前進，來到餐桌頂端那一堆神祕的灰色東西前。他偷偷瞧一眼，又摸一摸，這才大聲宣布：

「我想這些東西不會動。」

這時候大家靠上來，這才發現原來三張椅子上坐的是三個人，不過要很靠近才看得出來。他們灰白的頭髮已經長到蓋過他們的眼睛，幾乎把整張臉都覆蓋住，他們的鬍鬚也長到爬過桌面，繞過杯盤，和他們的長髮糾結成一團再垂到地上。一部分頭髮更往後覆蓋著椅背，因此整個人幾乎都被毛髮隱藏。這三個人簡直就是一身的毛髮。

「死的？」賈思潘說。

「我想沒有，陛下。」老脾氣說，用他的兩隻小爪子從糾纏的毛髮中舉起一隻手。「這隻手是溫的，還有脈搏。」

「這個也是，還有這個。」垂尼安說。

「那麼，他們是睡著了。」尤斯提說。

「八成睡了很久，」愛德蒙說，「頭髮才能長成這樣。」

「一定是被施魔咒沉睡的，」露西說，「我從踏上這塊陸地後就感覺它充滿魔力。啊！你想我們會不會是來解除魔咒的？」

「我們可以試試。」賈思潘說著，開始去搖離他最近的沉睡者。有那麼一瞬間，每個人都以為他成功了，因為那個人用力吸了一口氣，口中喃喃說著：「我不要繼續往東走，我要划回納尼亞。」但是說完立刻又沉沉睡去，而且比先前睡得更沉，他的頭往桌上又更低垂數吋，再怎麼搖他都沒有用。

第二個也一樣，他模模糊糊說：「我們不是天生的動物，把握機會去東方——太陽後面就是陸地。」說完也睡著了。第三個只說：「請給我芥末。」又睡著了。

划回納尼亞

「**划回納尼亞**，嗄？」垂尼安說。

「是的，」賈思潘說，「你猜對了，垂尼安，我想我們的尋人工作已經告一段落。我們來看看他們的戒指。沒錯，這正是他們的徽記，這位是雷維林勛爵，這一位是阿格茲勛爵，還有這一位是馬拉蒙勛爵。」

「可是我們叫不醒他們。」露西說，「怎麼辦？」

「求求您們，諸位陛下，」萊斯說，「您們何不一面商量一面坐下來吃？我們可不是每天都能見到這麼豐盛的晚餐。」

「一輩子也見不到！」賈思潘說。

「是啊，是啊，」其他水手附和，「這裡太詭異了，我們還是早點回船上吧。」

「看來，」老脾氣說，「這三位勛爵大概就是吃了這些食物，才會沉睡七年。」

「我不敢吃，我還想活命。」垂尼安說。

「天色暗得很快，頗不尋常。」萊尼說。

「回船上吧，回船上吧。」眾人都在催促。

「我也這麼認為，」愛德蒙說，「他們說得對。我們明天再決定如何處理他們三位。我們不敢吃這些食物，又沒有必要在這裡過夜。這裡到處瀰漫著魔法——和危險——的氣氛。」

「我完全贊同愛德蒙國王的看法，這是為了全船人的大局著想。不過我自己要在這張桌上坐到天亮。」

「為什麼？」尤斯提說。

「因為，」老脾氣說，「這是個非常刺激的冒險，如果我因為畏懼而放棄探險回納尼亞，那才是最大的危險。」

「我和你一起留下，老皮。」愛德蒙說。

「我也留下。」賈思潘說。

「還有我。」露西說。然後尤斯提也自願留下，這對他來說是極為勇敢的表現，因為他在加入「黎明行者號」之前，從來也沒有讀過或聽過這種事，所以他比其他人更難下這個決心。

「我懇求陛下——」垂尼安開口說。

「不，我的勛爵，」賈思潘說，「你的立場是和船在一起，再說你累了一天，而我們五個什麼事也沒做。」他們經過一番激辯，但最後還是賈思潘堅持他的決定。當眾人在逐漸聚攏的暮色中開始走回海邊時，除了老脾氣外，其餘五個人都忍不住打從心底冷起。

他們花了一點時間在危機四伏的餐桌旁選擇自己的座位，每個人也許都有他自己的理由，不過沒有人說出口，因為實在很難做選擇，誰也無法忍受整晚坐在三個毛茸茸的東西旁邊，他們雖然還活著，實際上卻跟死了沒有兩樣。相反地，如果選擇坐在離他們較遠的一端，隨著夜色漸深，看見他們的機會就越來越少，也不會知道他們是不是會動，說不定過了半夜兩點就完全看不見了——不，這是奢望。因此他們在餐桌旁繞過來、轉過去，說：「這裡如何？」或「還是近一點。」或「何不坐這邊？」最後他們終於在中間稍稍靠近沉睡者的石椅上選定各自的座位，這時候已經快十點，天幾乎全黑了。那些詭異的陌生星宿在東方燃燒，露西真希望它們是納尼亞天空上的獅子星座、帆船星座，或其他她所熟悉的星座。

他們身上裹著防風斗篷，靜靜坐著等候。起初他們試著說話，但是話不多。於是他們默默地坐著，聽著海潮拍打沙岸的聲音。

彷彿過了幾個世紀，實際上只有幾個小時之後，他們同時都從迷迷糊糊的瞌睡中猛然驚醒，天上的星宿已經完全不同於他們先前所見的位置，天很黑，只有東方的天邊有幾許灰白。他們都又冷又渴，而且坐得渾身痠痛，但是沒有人開口，因為這時候事情發生了。

在他們前方的石柱過去不遠的地方有個斜坡，此時斜坡上有一扇門打開了，從裡面透出光線來，接著一個人影走出來，門隨即在他身後關上。這個人手上拿著一盞燈，那是他們眼前唯一能清楚看見的東西。它緩緩接近他們，越來越近，終於在他們對面的餐桌旁站定。現在他們可以看出那是一位高大的女郎，她身上穿著一襲簡單的淺藍色無袖長衫，兩隻手臂光溜溜的。她沒有戴帽子，黃色的頭髮鬆垂在背後。他們看見她的臉龐，這才發現他們從未見過如此美麗的少女。

她手上提的燈原來是一根插在銀製燭台的長蠟燭，她把它放在餐桌上，這個時候如果有風從海上吹來，蠟燭就會熄滅了，但是此刻它的火焰垂直往上升，彷彿是在一間門窗緊閉、窗簾拉上的房間內。桌上的金銀器皿在燭光的照耀下閃閃發亮。

露西此刻才看見桌上筆直躺著一件她先前沒有注意到的東西，那是一把石刀，像鋼鐵一樣銳利，冷森森的，看起來很古老。

還沒有人開口。這時——先是老脾氣，接著是賈思潘——他們紛紛起立，因為他們認為她是一位優雅的淑女。

「來自遠方的旅人，你們來到亞斯藍的餐桌，為什麼不坐下來吃喝？」少女說。

「小姐，」賈思潘說，「我們不敢吃，因為我們認為它使我們的朋友陷入沉睡。」

「他們沒有吃。」她說。

「請問，」露西說，「他們是怎麼一回事？」

「七年前，」少女說，「他們乘坐一艘船來到這裡，這艘船的船帆破裂，船身也幾乎解體，船上只剩下少數幾位水手。他們來到這張餐桌旁，其中一個說：『這裡是個好地方，我們把帆收了，不再航行，就在這裡安享天年吧！』第二個說：『不，我們上船返回納尼亞和西方；說不定米拉茲已經死了。』但是第三個，他是個剛強的人，他跳起來說：『不，看在老天分上，我們是人，而且是坦摩人，不是野蠻人。我們能不接受一個又一個的冒險嗎？我們不求在任何環境下苟且貪生，讓我們用僅剩的一口氣，去尋找太陽後面無人居住的世界吧。』他們吵了起來，這個人便抓起放在桌上的這把石刀要和他的同伴決鬥。但他實在不應該去碰這把刀，當他的手指握住刀鞘時，三個人立刻都陷入沉睡，在魔咒沒有解除以前，他們是不會醒來的。」

「這把石刀有什麼來歷？」尤斯提問。

「你們都沒有人認識它嗎？」少女說。
「我——我想，」露西說，「我好像見過類似的東西，那是很久以前白女巫在石桌上用來殺死亞斯藍的一把刀，和這一把很像。」
「就是同一把，」少女說，「它被帶來這裡，在世界仍持續運行之際用來維持榮譽。」
越來越顯得不自在的愛德蒙這時候說話了。
「我，」他說，「我希望我不是個膽小鬼——我是指吃這些食物——而且我沒有冒犯的意思，不過我們這趟航行遇到許多不尋常的冒險，有些甚至非常怪異。當我望著妳時，我不由自主相信妳所說的一切，然而也有可能這一切都是巫術在作祟。我們如何才能知道妳是朋友？」
「你不可能知道，」少女說，「你只有相信——或者不信。」
片刻後，老脾氣用細細的聲音說：
「陛下，」他對賈思潘說，「麻煩您幫我從那個酒壺倒一杯葡萄酒給我，它太大了，我舉不動。我要向這位淑女敬酒。」

賈思潘替老鼠斟了一杯葡萄酒，他站在餐桌上，用兩隻小爪子舉起酒杯說：「小姐，我敬您。」然後他開始吃孔雀冷盤，一時間，大家都紛紛學他。每個人這時都很餓了，這頓盛宴或許不適合當早餐，卻是一頓極為美味可口的消夜。

「它為什麼叫『亞斯藍的餐桌』？」露西說。

「它是奉亞斯藍之命設置的，」少女說，「為了每一位遠道而來的人。有人稱這座島為『世界的盡頭』，因為雖然你還可以繼續往前航行，這裡卻是結束的開始。」

「那這些食物要如何**保存**呢？」講究實際的尤斯提問。

「它們會被吃光，然後每天會再擺上新的，」少女說，「你待會兒就會看到。」

「那這些沉睡者怎麼辦？」賈思潘問，「在我朋友居住的世界裡（說著，他朝尤斯提和皮芬兄妹點點頭），有這麼一則王子或國王來到一座所有人都在沉睡的城堡的故事，故事中王子要親吻公主之後才能解除魔咒。」

「但是這裡不一樣，」少女說，「在這裡他必須先解除魔咒，然後才能親吻公主。」

「那麼，」賈思潘說，「以亞斯藍之名，告訴我如何馬上開始吧。」

「我父親會教你們。」少女說。

「妳父親！」眾人異口同聲說，「他是誰？他在哪裡？」

「你們看。」少女說，轉身指著斜坡上的門。現在他們可以看得比較清楚了，因為當他們在說話的時候，天上的星光漸漸轉弱，東方的天空那抹灰白逐漸透出一道明亮的白光出來。

14

世界盡頭的開始

如果我們從這裡往東走會抵達世界的邊緣，
最最東方，但是誰也不知道還要走多遠……

門又緩緩打開，走出一位和少女一樣又高又挺，但是沒有那麼瘦的人。他手上沒有提燈，卻似乎又有燈光從他身上散發出來。當他越來越近時，露西看出他好像是一個老人，他的銀白色鬍鬚長到他的腳背，他的銀白色頭髮披在後面，也長到腳跟。他身上穿著一件長袍，彷彿用銀色的綿羊毛織成。他看上去如此雍容尊貴，在場的旅人都不由自主站起來不敢作聲。

老人一語不發走過來，在他女兒對面餐桌的另一頭站定，然後兩人都抬起手臂往前伸，同時面向東方。他們以這種姿勢開始唱起歌來，但在場的人沒有一個記得住。露西後來說，他們的歌聲十分高亢，但是很美──「有點清冷，像清晨。」他們唱著、唱著，灰雲逐漸從東方的天空散去，白光範圍越來越大，直到全部轉白，大海也開始轉為銀白色。過了好一陣子（他們兩人仍持續唱著歌），東方又開始轉紅，終於所有的雲都消失了，太陽從海面出現，它長長的、平行放射的光芒照耀在餐桌上的金銀器皿和石刀上。

這些納尼亞人早先曾在心中暗想：在這海面上初昇的太陽莫非比在家鄉見到的還要大？這一次他們有了肯定的答案，而且不會看錯。太陽光芒照射在露水和餐桌上，比他們曾經見過的任何一個早上還更耀眼。正如愛德蒙後來所說：「雖然這趟旅程途中遭遇的許多事似乎很刺激，但是那一刻才是最刺激的。」因為他們知道，這次他們真的來到世界盡頭的開始了。

從太陽的正中央似乎有個東西朝他們的方向飛過來，不過他們無法正面逼視太陽，所以不敢確定。但就在這個時候，天空出現許多聲音——這些聲音應和著少女與她父親的歌聲，只不過它們音域更寬廣，同時以一種他們都聽不懂的語言唱著。不久，這些歌聲的主人出現了，原來是一群白色的大鳥，成千上萬地從四面八方飛來，停在草叢上、地上、餐桌上、他們的肩膀上、手上和頭上，使大地彷彿被覆蓋上一層皚皚白雪。牠們不僅使所有東西都變成白色，也遮蔽所有的視線，不過露西還是從停在她身上的白鳥翅膀間隙，看到有一隻鳥嘴上銜著一粒看起來像水果的東西（要不就是燒紅的煤炭——由於光線太亮，所以看不清楚）飛向老人，並把它放進老人口中。

然後鳥群的大合唱告一段落，開始忙著吃桌上的食物，等牠們再度離開餐桌時，桌上所有能吃、能喝的東西全都不見了，成千上萬的鳥兒吃光喝光桌上的食物後，又振翅起飛，帶著所有不能吃的東西，如：骨頭、外皮、外殼等，再度飛向初昇的太陽。這回牠們不唱歌了，以致牠們鼓動翅膀的聲音竟大到使大地為之震動。餐桌上被牠們啄得乾乾淨淨，三位納尼亞勳爵仍在沉睡。

老人這才轉向來客，表達歡迎。

「閣下，」賈思潘說，「請告訴我們，如何才能解除使這三位納尼亞勳爵沉睡的魔咒？」

「十分樂意，孩子，」老人說，「要解除這個魔咒，你們必須航行到世界的盡頭，或者盡可能接近它，然後你必須留下你的一個同伴後再回來。」

「留下來的人會怎樣？」老脾氣問。

「他必須再繼續往東走，永遠不再回到這個世界。」

「這正是我的心願，陛下。」老脾氣說。

「那麼，我們現在接近世界的盡頭了嗎，閣下？」賈思潘問，「您對東方的海洋與陸地有任何了解嗎？」

「我曾在很久以前看過，」老人說，「不過是從很高的地方看，這些都是航海者必備的知識，我不能告訴你們。」

「您的意思是，您能飛上天空？」尤斯提忽然冒出這句話。

「我在天上很高的地方，孩子，」老人說，「我是拉曼杜。我看你們的表情就知道你們沒聽過這個名字。也難怪，我本是一顆星宿，很久以前便因為老化而停止運轉，那時你們都還沒出世呢。現在早已經物換星移了。」

「天啊，」愛德蒙在心中暗想，「他是一顆**隱退**的星辰。」

「您現在不再是星星了嗎？」露西問。

「我是個退隱的星辰，」拉曼杜回答，「我最後一次發亮時，已經老朽到你們無法想像的地步，然後我被帶到這個島上，現在的我沒有以前那麼老，因為每天早上都會有一隻鳥從太陽谷帶一粒火莓給我，我每吃一粒火莓就會減少幾歲，等我又像昨日出生的嬰兒時，我就可以再度升上天空了（我們現在就是在地球的最東邊）。」

「在我們的世界，」尤斯提說，「星球是一團巨大的燃燒的氣體。」

「孩子，在你們的世界，那不叫星辰，那是形成星辰的元素。在這個世界，你們已經見過一個星辰了，我想你們見過柯瑞金了吧。」

「他也是個退隱的星辰嗎？」露西說。

「啊，也不全然是，」拉曼杜說，「他不是因為退隱才被派去統治蹩腳仙，你們不妨稱之為懲罰。要不是他犯了一些過錯，他很可能還會在冬天的南方天上繼續發光千百年。」

「他犯了什麼過錯，閣下？」賈思潘問。

「孩子，」拉曼杜說，「我不能告訴你，『亞當之子』沒有必要知道星宿會犯什麼過錯。瞧我們，浪費了許多時間說話。你們決定了沒？你們要繼續往東走，永久留下一位同伴，然後再回來解除魔咒？還是你們要往西走？」

「陛下，」老脾氣說，「這件事，毫無疑問了吧？解救這三位勛爵，除掉魔咒，不就是我們的目的？」

「我是這樣想，老脾氣，」賈思潘回答，「除此之外，如果不能乘坐『黎明行者號』接近世界的盡頭，我心裡也會很難過。但我必須為船員著想，他們加入是為了尋找七位勛爵，不是到世界的邊緣探險。如果我們從這裡往東走會抵達世界的邊緣，最最東方，但是誰也不知道還要走多遠。他們都是勇敢的人，但我發現有幾個已經覺得累了，他們很想掉頭返回納尼亞。我不能不先問問他們的意見就擅自決定。還有那位可憐的路普勛爵，他已經身心交瘁了。」

「孩子，」拉曼杜說，「即使你很想去世界的盡頭，如果你沒有徵求屬下的同意，或者你欺騙他們，你也不能解除魔咒，他們必須要先知道他們要去的地方和目的。你說的這位身心交瘁的人是誰？」

賈思潘把路普的遭遇說給拉曼杜聽。

「我可以給他他最需要的東西，」拉曼杜說，「這個島上有一種不會停頓、也沒有限量的睡眠，而且睡的時候絕不會做夢。讓他來坐在其他三個人旁邊，他可以忘卻一切，直到你們回來。」

「啊，就這麼辦吧，賈思潘，」露西說，「我相信這正是他所喜歡的。」

這時他們的談話被雜亂的腳步聲與說話聲打斷，垂尼安和其他船員也過來了。當他們看見拉曼杜和他的女兒時，都驚訝得停下腳步，但因他們都是見過世面的人，所以很快又恢復了。有幾個看到桌上空空如也的杯盤和酒壺，還露出遺憾的表情。

「我的勛爵，」國王對垂尼安說，「請你派兩個人回『黎明行者號』，帶個口信請路普勛爵來一下。」

說完，賈思潘請大家都坐下，把整個情形說給他們聽。他說完後，大家都默不作聲，良久，有幾個在小聲交頭接耳，這時水手長站起來，說：

「陛下，有個問題我們早就想問，請問我們回去時要走哪一條路線，是要回到這裡，還是走另外一條路？這一路上都吹西風和西北風，加上短暫的風平浪靜，如果一直這樣下去，我們想知道如何才能再見到納尼亞。我們這一路過來，所剩的補給已經不多了。」

「這是旱鴨子說的外行話，」垂尼安說，「這一帶海域每年仲夏都吹西風，過了新年以後風向就會改變，那時我們自然會有許多風讓我們往西航行回家。」

「這是真的，水手長，」一名格爾瑪出生的老船員說，「一、二月開始天氣就會從東方開始轉壞。依我之見，陛下，假如是我號令指揮這艘船，我會決定在這裡度過冬天，三月才開始動身回航。」

「在這裡過冬，那你吃什麼？」尤斯提問。

「這張桌子每天黃昏都會有一場國王的盛宴。」拉曼杜說。

「你不早說！」幾個水手說。

「諸位陛下、各位先生、女士，」萊尼說，「有句話我想說。我們這些人都是自願參加這趟航行，沒有一個人是被迫的。這裡就有幾個人難過地看著一桌空碗盤，他們自從離開凱爾帕拉瓦宮那天起，就一直不停地談論著冒險和國王的盛宴，還有幾個站在碼頭上想盡辦法要參加。大家都說在『黎明行者號』當一名船艙小廝，強過佩帶一條騎士的腰帶。我不知道你們是不是能夠明白，我的意思是大夥兒像我們這樣出海，如果回家告訴人家，說我們到了世界盡頭的開始，卻半途而廢不想繼續前進，那豈不像鱉獨腳仙一樣蠢？」

部分水手聽後大聲歡呼，但是有幾個只淡淡地說很好。

「這可不好玩，」愛德蒙悄悄對賈思潘說，「萬一有一半人不去，可怎麼辦才好？」

「別急，」賈思潘悄聲回答，「我還有一張王牌。」

「你不出來說點話嗎，老皮？」露西小聲說。

「不，陛下要我說什麼？」老脾氣以大家都聽得到的音量說，「我早已做好決定了。只要我有一口氣在，我要隨著『黎明行者號』往東航行。如果它不去，我就自己駕著我的小皮筏去。如果我的小皮筏沉了，我就用我的四肢划水游到東方。如果我游不動了，還沒有到亞斯藍的國度，或者還沒摸到它的邊邊，我也會在沉沒以前把我的鼻子對著太陽昇起的地方，讓老脾氣成為納尼亞最熱門的老鼠話題。」

「聽到沒，聽到沒，」一名水手說，「撇開皮筏不談——皮筏載不動我——我也會說相同的話。」說完，他又小聲說：「我才不會讓一隻老鼠比下去。」

這時賈思潘站起來說話，「朋友們，」他說，「我想你們都沒有真正明白我們的用意，你們說得好像我們是在求你們加入，完全不是這回事。我們和我們的皇家兄妹，以及他們的親戚和高貴的騎士老脾氣爵士，還有垂尼安勛爵，我們有尋找世界邊緣的任務。我們很樂意從你們中間挑選志願者，他必須要有很高的意願。我們不要勉強答應的人。所以我們要求垂尼安勛爵與萊斯水手長慎重考慮最勇敢作戰、航海技術最精良、血統最純淨、對我們最忠心，以及生活與態度最正常的人，在某個時辰內把他們的名單交給我。」他頓了一下，加重語氣說：「亞斯藍的勇士們！你們以為看見世界盡頭的代價只是一首歌嗎？隨我們去的人將來都能以『黎明行者號』的頭銜傳世，而且當我們返航回到凱爾帕拉瓦宮時，他將可以獲得足夠的黃金或土地，使他一輩子不愁吃穿。現在你們各自散開，半個小時後我要從垂尼安勛爵那裡拿到名單。」

大家先是怯怯地一語不發，隨後各自鞠躬離去，有的往這邊，有的往那邊，不過多半三三兩兩聚在一起討論。

「接下來是路普勛爵。」賈思潘說。

但他一轉頭，發現路普勛爵已經站在那裡，他是在大夥兒熱烈討論時，默默地、不引人注意地來到一旁，此刻他便坐在阿格茲勛爵旁邊。拉曼杜的女兒站在他旁邊，彷彿剛剛扶著他坐下，拉曼杜站在路普的後面，兩手放在他灰白的頭上。雖然此刻是大白天，拉曼杜的手上仍然發出微微的銀光。路普布滿風霜的臉上露出微笑。他一手伸向露西，一手伸向賈思潘，看似有話想說，然後他的微笑加深，彷彿感應到甜蜜知覺，只見他心滿意足地長嘆一口氣，睡著了。

「可憐的路普，」露西說，「我真高興。他一定吃了不少苦頭。」

「別再想了。」尤斯提說。

賈思潘這番演說或許受到島上魔力的影響，恰如其分地收到他所期待的效果。許多本來急於想回去的船員，此時態度幡然而變，反而怕被**遺漏**。而只要有人宣布決定要求同行，剩下那些沒開口的就越來越覺得人單勢孤不知所措。因此，半個小時不到，有若干人已經態度明確地「纏著」垂尼安與萊斯（我們學校都這麼說），希望聽取詳細的報告。不久只剩下三個人不想去，他們努力想說服其他人也跟他們一起留下。可是不消多久，只剩下一個人要留下。最後連他也開始擔心一個人被留下，終於還是改變了主意。

半個小時過去，大夥兒一齊來到亞斯藍的餐桌，在餐桌的一端並排站好，垂尼安與萊斯在賈思潘身邊坐下，開始向他報告。除了那最後一個改變主意的船員外，其餘的賈思潘全部接納。那個人叫皮頓克林，當「黎明行者號」全船工作人員都去尋找世界的盡頭時，他一個人留在「星辰島」。他真希望他也能一起去。

他不是那種喜歡找人說話的人（他們也不喜歡找他說話），加上後來島上幾乎天天下雨，雖然亞斯藍的餐桌上每天晚上都有一桌子美食，他也不是很喜歡。他說一個人坐在四個沉睡不醒的人旁邊，心裡總覺得毛毛的（加上又不停下雨）。當其他人都回來時，他又覺得與他們格格不入，因此他在返回寂島途中半路脫隊，自己住到卡羅門島了。他在卡羅門島逢人便說他在世界盡頭的冒險事蹟，說多了，連他自己也相信他是有過這一段經歷。所以從某方面來說，你也可以說他從此過著幸福快樂的生活。但他就是不能忍受老鼠。

那天晚上他們圍坐在巨大的餐桌旁，一起吃了一頓奇蹟般重新布置的晚宴，次日一早，就在白色的大鳥出現時，「黎明行者號」又再度整裝出發。

「小姐，」賈思潘說，「希望我能在破除魔咒時，再度與妳相見。」拉曼杜的女兒望著他，臉上現出微笑。

15

世界盡頭的奇蹟

奇怪為什麼你們可以進入我們的世界，

而我們卻不能進入你們的世界？

要是我有這樣的機會就好了！

一行人離開拉曼杜的國度不久，他們便有脫離俗世的感覺，一切都大不相同，舉個例，他們都發現他們需要睡眠的時間減少了，不想睡也不想吃，甚至不想說話，非得說時，都壓低了嗓子。另一例是光線。這裡的光線太強了。每天早上太陽出來時，看起來都有平常的兩倍大（有時甚至三倍大）。每天早上（露西認為這件事最奇怪），用聽不懂的語言唱歌的白色大鳥去亞斯藍的餐桌吃早餐途中，都會優雅地從他們頭上飛過，消失在船尾方向，過一會兒後，又見牠們飛回來，消失在東方。

「這水真清澈，真美！」第二天下午，露西趴在船邊，自言自語說。

確實如此。她最先注意到的是一小塊黑色的東西，大約像一隻鞋子那麼大，隨船以一樣的速度漂動。她起先以為那是海上的漂流物，後來又漂來一片廚師從廚房扔出的舊麵包，眼看著麵包就要撞上那塊黑色的東西，可是沒有，它從它上方漂過去了。露西這才看出那塊黑色的東西可能不在水面上，接下來，那個黑色的東西忽然變大，不一會兒又恢復原來的大小。

露西這時覺得似乎有似曾相似的感覺，好像在哪裡見過，只不過她一時想不起來。她用兩隻拳頭撐著腦袋，用力擠她的臉頰，伸出舌頭，努力回憶。總算被她想起來了，是啊！它就像你在豔陽天中從火車上看到的景象。車廂的黑影在田邊以相同的速度跟著跑，然後鐵路旁出現一個障礙物，方才的黑影撲向你，同時變大了，沿著障礙物旁的草堤奔跑。不久障礙物不見了，黑影又再度變回原狀，跟著車廂跑。

「那是我們的影子！『黎明行者號』的影子。」露西說，「我們的影子在海底移動，剛才它變大是因為它經過一座山，不過這樣海水一定比我想像的更清澈！天啊，我一定是看見海底了，很深、很深的海底。」

她一邊說著，立即明白她看了好一陣子（卻沒注意）的大片銀色的東西，實際上是海床，至於各種深深淺淺的色塊並非海面上的光與影，而是海底真實的東西。譬如，他們現在就經過一大片淺紫綠的地方，中央有一條寬大、曲折的淺灰色條紋。由於她已經知道它是在海底，所以她現在看得更仔細。她看出有一片深色的東西比其他東西更高，而且微微搖動，「彷彿在風中搖擺的樹木，」露西說，「我相信這正是傳說中的海底森林。」

他們來到海底森林的上方，現在又有另一條淺色條紋和剛才見到的淺色條紋相連。「如果我是在海底，」露西心想，「那個淺色條紋大概就是森林裡的道路，相交的地方一定是十字路口。啊，真想下去！哎呀，森林到此為止了。我真的相信那是一條道路！我可以看見它還一直延伸到沙灘。它的顏色變了，旁邊還有記號，是點狀的虛線，也許是石頭。現在它又變寬了。」

事實上，它不是變寬，而是距離更近。她看得出來，因為船的影子忽然拔高往她這邊衝過來，道路——現在她確信那是道路了——開始呈曲折鋸齒狀，明顯的是一路爬上陡峭的山坡，她側著頭往後看，海底的景色就像從山上鳥瞰一條曲折的山路，她甚至看見一束束的陽光穿透深沉的海水照射在森林的谷地上，由於距離遙遠，所有東西都溶成一片模糊的綠，不過有些地方——她猜想是有陽光照射的地方——卻還是深藍。

她無法頻頻往後看，因為前面的景致太精采。現在道路明顯地來到山頂，筆直往前。幸好陽光充足——或者說它穿過如此深的海水後還能維持如此清晰的能見度——最精采的部分一閃而入她的眼簾。那些東西或呈圓球狀或呈不規則狀，但清一色珍珠白或象牙白。她與它們幾乎成垂直的角度，起初她無法辨認那是什麼東西，但當她注意到它們的影子後，一切都十分清楚了。陽光從露西的肩上落在海上，使這些東西的影子投射在它身後的沙上，從這些影子的形狀，露西清楚地看出那是鐘樓、尖塔、回教寺院的尖塔與圓頂。

「啊呀！那是一座城市，或者一座巨大的城堡，」露西自言自語說，「可是它們為什麼要蓋在山頂呢？」

很久以後，當她回到英國，與愛德蒙談起這些歷險時，他們猜測其中有個原因，我很肯定這個原因是正確的。原來海底越深，光線與色彩自然會越暗，而越暗越冷的地方往往住著危險的生物——烏賊、海蛇，還有海怪。海溝是危機四伏、不友善的地方。海底人對海溝的感覺，和我們對崇山峻嶺的感覺是一樣的，越往高處走（以我們而言，應該說是越靠近淺水區）就越溫暖平靜。勇往直前的獵人和英勇的騎士深入海底深處打獵與探險，但是一旦回到高處，那裡就是他們休息、安定、禮尚往來、集會、運動、跳舞、唱歌的地方。

他們通過城市上方，海床持續上升，現在距離船底只有數百哩。道路不見了，他們在一處公園似的空曠的鄉野，地上東一堆、西一堆鮮豔的綠色灌木，然後——露西差點高興得大叫——她看到人了。

這批海底人大約有十五到二十個，都騎在海馬上——不是在博物館看到的那種小海馬，而是比海底人身材大一點的海馬。這些人一定是貴族和王侯，露西心想，因為她瞥見某些人的額頭上戴著金飾，他們身上佩帶的翡翠或鮮橘色的東西則隨著海流起伏漂蕩。

這時露西氣惱地說：「啊，討厭的魚！」原來一群小肥魚游過來，十分接近水面，剛好擋在她與海底人之間。不過牠們雖然擋住她的視線，卻也帶來極有趣的一幕。只見一條她從沒見過的凶猛的小魚，從下方猛地衝上來，一眨眼工夫咬住一條胖魚，迅速地又沉進海底。所有的海底人都坐在海馬上觀看這一幕，他們似乎在談笑。同時，就在這條獵魚帶著獵物回到他們身邊之前，另一條同型的獵魚又從海底人身邊衝上去獵捕小肥魚。露西幾乎可以肯定，這兩條獵魚是這群人正中央騎在一匹海馬上的高大海底人放出去的，就好像他在放出牠們之前，還把牠們抓在手上或腕上。

「呀，我可以發誓，」露西說，「這是一支打獵的隊伍，更正確地說，是一支放鷹的隊伍。是的，一點沒錯。他們手腕上拴著這些小猛魚，就好像我們以前在凱爾帕拉瓦宮當國王時，手腕上拴著獵鷹出遊一樣。然後他們把獵魚放出去，或者說，讓牠們游出去抓別的魚。真——」

她猛然住口，因為眼前的景象又變了，海底人已經發現「黎明行者號」，魚群往四面八方散去，海底人紛紛出來察看這個橫梗在他們與太陽中間的黑色龐然巨物是什麼東西。現在他們非常接近水面，如果他們不是在水中而是在水面上，露西就可以和他們說話了。他們有男有女，都戴著各式頭冠，許多人還戴著長串的珍珠項鍊。他們身上沒有穿衣服，皮膚是古象牙色，頭髮是深紫色。位於中間的國王（一看就知道）神情倨傲、惡狠狠地瞪著露西的臉，揮動他手上的戟，他身邊的騎士也和他一樣，女士們則一臉驚愕。露西覺得他們以前從沒見過船或人類——不過話說回來，他們怎麼可能見過，這裡是從沒有船隻到達的世界的盡頭。

「妳在看什麼，露西？」一個聲音靠近她說。

露西太專注於眼前的景象，所以這個聲音讓她嚇一大跳，她回頭，這才發現她的手臂因為趴在船邊，同樣的姿勢維持太久而發麻。垂尼安與愛德蒙站在她身邊。

「你們看。」露西說。

兩人都往她手指的方向看過去，但是垂尼安幾乎立即低聲說：

「快把頭轉開，陛下——對了，背對著海，不要看他們，假裝我們在討論其他重要的事。」

「為什麼，怎麼回事？」露西聽從他的吩咐，但是一面問。

「航海人不可以看到**他們**，」垂尼安說，「我們曾經有人愛上一個女海底人，或愛上他們的海底世界，就不顧一切跳入海中。我聽說在陌生的大海中曾經發生過這種事。看見這些人往往會帶來厄運。」

「可是我們以前認識他們，」露西說，「從前在凱爾帕拉瓦宮，我哥哥彼得當大國王的時候，他們露出水面，在我們的加冕典禮上為我們唱歌。」

「我想那一定是不同種族的海底人，露西，」愛德蒙說，「他們可以住在空中，也可以同時住在水中，我想這些人不行。看他們一眼，他們便會跳出水面攻擊我們。他們好像很凶。」

「總之——」垂尼安說。這時他們聽到兩個聲音，一個是「撲通」落水聲，另一個是瞭望台上有人大叫「有人落海了！」於是船上一陣忙亂，有些水手急忙爬到船帆上負責觀望，有些則急忙下去拿木槳，負責掌舵的萊斯緊緊抓穩舵輪快速將船掉頭，準備回去救人。不過大家這時候已經知道落海的不是人，是老脾氣。

「討厭的老鼠！」垂尼安說，「比船上的人全部加起來還麻煩，只要有任何麻煩事發生，一定少不了他！實在應該把他戴上腳鐐，拖出去放逐在荒島上，剪斷他的鬍鬚。有人看見那個小傢伙沒？」

垂尼安罵了一大堆，並不表示他真的討厭老脾氣；相反地，他非常喜歡他，所以很替他擔心，而他一擔心就忍不住發脾氣——就好像你如果不乖跑到馬路上差點撞到車子，媽媽便會比陌生人還生氣。當然，誰也不擔心老脾氣會淹死，因為他是個超棒的游泳健將，但是他們三個知道水底下有什麼東西的人，都害怕海底人手上那些長長、尖尖的戟。

幾分鐘後，「黎明行者號」掉轉頭，大家都看到水中一團黑黑的東西正是老脾氣。他興奮得直開口說話，但是嘴巴不斷進水，誰也沒聽懂他在說什麼。

「如果不把他的嘴堵住，他會把事情抖出來。」垂尼安說。為此，他急急衝到船邊，自己抓著繩子垂下去，一邊對水手大叫：「沒事了，沒事了，各自回你們的崗位，我想我不需要協助就可以把一隻老鼠撈上來。」當老脾氣開始爬上繩索時——不很俐落，因為他身上的毛濕了，增加不少重量——垂尼安靠過去，低聲對他說：

「不要說出去，一句都不能說。」

但是當全身都在滴水的老鼠一站上甲板，立即顯露他的興趣完全不在海底人。

「甜的！」他吱吱地說，「甜的，甜的！」

「你在說什麼？」垂尼安小心地問，「你也不必把水甩到**我**身上呀。」

「我說水是甜的，」老鼠說，「甜的，淡的，不是鹹水。」

有一瞬間，大家沒會意這句話的重要性，老脾氣又唸起那首古老的預言：

當海水變成甜的，

莫遲疑，老脾氣，

這就是世界的最東邊。

最後一句大家都明白。

「給我一個水桶，萊斯。」垂尼安說。

水桶拿來了，他接過去，垂到水中再撈上來。桶中的水清澈晶亮有如玻璃。

「陛下要不要先嚐嚐？」垂尼安對賈思潘說。

國王雙手端起水桶，湊到嘴邊啜一小口，用力嚥下去，然後抬起頭來。他的表情完全不一樣了，不但他的眼神，連他整個人彷彿都變亮了。

「真的，」他說，「水是甜的。那是真的水，我不知道喝一口會不會要命，不過就算死了我也心甘情願，早知道就喝了。」

「什麼意思？」愛德蒙問。

「它——它的味道很特別。」賈思潘說。

「它就是傳言中的，」老牌氣說，「可以喝的光線。我們一定很接近世界的盡頭了。」

大家一時都不知該說什麼，過了一會兒，露西跪下來，端起桶子喝水。

「這真是我所喝過最好喝的水。」她喘口氣說，「不過，噢——它力道好強，我們可以不必吃東西了。」

於是大家一個接一個來喝水，喝過後一時都說不出話，大家都覺得太好喝了，而且勁道十足，有點招架不住。喝完後，他們漸漸感覺到有些變化。我剛才說過，自從他們告別拉曼杜島後，光線就越來越強——太陽太大（雖然不是太熱），海洋太亮，連天空都太耀眼。現在光線依然有增無減，不過他們可以忍受了。他們可以直視太陽而不用瞇眼，他們看到的光線比以前多許多。甲板、船帆、他們的臉和身體都比以前更亮，連每一條繩索都在發亮。第二天上午太陽昇起時——現在有平常的五、六倍大了——他們居然可以直接注視它，還能看到從它裡面飛出來的白鳥的羽毛。

一整天船上的人都不怎麼說話，直到晚餐時刻（大家都不想吃飯，喝水喝飽了），垂尼安才說：

「我不懂，一點風也沒有，船帆是靜止的，海面也平靜得像池塘，可是我們的船速卻像御風而行。」

「我也在想，」賈思潘說，「我們一定是陷進某個強烈的洋流。」

「嗯，」愛德蒙說，「萬一世界真的有個邊，我們又正接近它，那可不太妙。」

「你是說，」賈思潘說，「我們也許會——呃，被沖下去？」

「好耶，好耶，」老脾氣拍手說，「我常想像，世界就像個巨大的圓桌，所有海洋的水無止境地從它的邊緣沖下去，船會直立起來——頭下腳上——那時我們就可以看到世界的邊緣，然後下去、下去、快速衝下去——」

「你以為它的底下是什麼？」垂尼安說。

「也許是亞斯藍的國度，」老鼠說，眼睛亮了起來，「或者根本就沒有底，又或者它一直不停地落下去。但無論如何，即使只看一眼世界的邊緣，不也是值得的嗎？」

「可是，」尤斯提說，「這些都是胡說八道，世界是圓的，我是說，像球一樣圓的，而不是像一張圓桌。」

「那是**我們**的世界，」愛德蒙說，「可是這裡——」

「你們是說，」賈思潘問道，「你們三個來自一個圓球形的世界？你們卻一直沒告訴我！你們好壞！我們從小就聽過一個童話故事，說有個圓球形的世界，我一直很嚮往。我始終不相信有這樣的世界，不過我一直希望有這樣的地方，也一直期待能夠住在這樣的地方。啊，我願意為它放棄一切——奇怪為什麼你們可以進入我們的世界，而我們卻不能進入你們的世界？要是我有這樣的機會就好了！能夠住在一個圓球狀的地方一定很好玩。你們去過那些人們倒立行走的地方嗎？」

愛德蒙搖頭，「不是你所想像的那樣，」他說，「等你進入一個圓球狀的世界，你就會發現沒有什麼特別好玩的。」

16
世界的盡頭

在我們回去之前，

請你告訴我們什麼時候我們能再度回到納尼亞？

而且，拜託、拜託，請你讓我們早一點回到納尼亞……

除了垂尼安與皮芬兄妹外，船上其他看見海底人的只有老脾氣一個。他看見海底人國王揮舞著三叉戟，便以為這是一種挑釁或威脅，因此立刻潛進水中，想要馬上解決問題，但是他一跳進水中立刻發現水是鮮美的，所以又分心了。等他再度想起海底人時，露西與垂尼安已經把他帶到旁邊，警告他不要提起方才所見的景象。

事情演變的結果顯示他們的顧慮是多餘的。這時「黎明行者號」已經滑行到一處似乎沒有人居住的地方。除了露西外，其他人都沒有再看到海底人，而即使是露西，也只是驚鴻一瞥。第二天上午，他們都在很淺的水上航行，水底長滿水草，接近中午時，露西看見一大群魚在啃食水草。牠們安靜地順著同一個方向吃草。「好像一群綿羊。」露西心裡想。忽然，她發現魚群中有一個大約和她同齡的小海女，那是一個安靜、臉上帶著寂寞表情的小女孩，手上拿著一根曲柄手杖。露西確信這個女孩必定是個牧羊女——或者應該說是牧魚女——而那群魚便是牧場上圈養的魚群。女孩和魚群都很接近水面。當女孩在淺水中滑行時，露西也正好趴在船邊，兩人正面相向，女孩仰頭直視露西的臉。兩人都沒說話，不一會兒，女孩就從船尾的水中消失了，但是露西永遠忘不了她的臉，她不像其他海底人一樣害怕或憤怒。露西喜歡這個女孩，她相信女孩一定也喜歡她，在那短短的交會剎那間，她們似乎已經成為朋友，在那個世界或任何其他世界，她們或許再也沒有機會見面，但是如果有這樣的機會，她們一定會伸出雙臂奔向對方。

這件事情過後，接連幾天都沒有風，船頭也不見任何波紋，「黎明行者號」平穩地朝東方滑行。每一天、每一個小時，光線越來越耀眼，他們卻能安然承受。沒有人吃東西或睡覺，他們也不想吃、不想睡，他們只是從海裡面汲出令人炫目的水，這種水比葡萄酒還烈，卻又比普通的水更滋潤、更清甜，每個人都默默地大口大口喝。有一、兩個水手在這趟旅程出發時已經有點老態，現在卻一天比一天更年輕，船上的每個人心中都充滿歡喜與激動，但不是那種會使人忘情說話的激動，他們越往前航行，話就越少，最後幾乎是說著悄悄話。海洋盡頭的寂靜像魔咒般附著在他們身上。

一天，賈思潘對垂尼安說：「船長，你在前方看到什麼了嗎？」

「陛下，」垂尼安說，「我看到一片白色，從北到南的地平線，我可以看得見的地方都只有一片白。」

「我也是看到一片白，」賈思潘說，「我想不出那會是什麼。」

「假如我們是在較高的緯度，陛下，」垂尼安說，「我會說那是冰，但是這裡不可能。還有，我們最好叫大家都搖槳，防止船被海流沖得太快，不管它是什麼東西，我們都不希望以這種速度撞上它！」

他們都聽從垂尼安的建議，於是船速越來越慢。當他們逐漸接近那片白時，它依然神祕難解。假如它是陸地，那一定是個非常奇特的陸地，因為它和水面一樣平滑，而且和水平面一樣高。當他們非常接近時，垂尼安轉舵，令「黎明行者號」轉個角度向南，這樣船身便頂著海流沿著那一片白的邊緣稍稍往南划行，也因為這個改變，使他們有了重大的發現，他們發現這股海流不過四十呎寬，而海流以外的其他海面上卻仍波平如鏡，這對船員來說是個大好的消息，他們已經開始想到回程去拉曼杜島時，一路搖槳回去就省力多了。（這也同時說明為什麼小牧魚女很快就從船尾的地方消失，因為她當時沒有在海流中，如果她在海流中，此刻她一定也會以與船相同的速度往東方移動。）

然而還是沒有人知道這片白色的東西是什麼。於是他們放下小船前去調查，那些仍然留在「黎明行者號」的人看著小船往白色的方向直接逼近。不久，他們聽到小船上傳來驚訝、歡悅的說話聲（因為海面非常寂靜，所以聲音聽起來很清晰），接著說話聲停頓，只有萊尼坐著的船頭發出一點聲響，不多久，小船回來了，船上載著許多白色的東西，每個人都擠到船邊去等候消息。

「蓮花，陛下！」萊尼站在船頭，大聲說。

「你說**什麼**？」賈思潘說。

「盛開的蓮花，陛下，」萊尼說，「和家鄉花園水塘內的蓮花一樣。」

「你們看！」露西說，她站在小船的船尾，她伸出潮濕的雙手，手掌中捧著白色的花瓣和寬大扁平的葉子。

「水有多深，萊尼？」垂尼安問。

「奇怪得很，船長，」萊尼說，「水還很深，有三・五噚。」

「這不是真正的蓮花，不是我們平常說的蓮花。」尤斯提說。

它們也許不是蓮花，但是和蓮花很像。後來幾經商量，「黎明行者號」還是重新駛回海流，順著流水往東穿過蓮花池——或稱「銀蓮海」（他們試過兩種名稱，不過最後還是決定叫「銀蓮海」，現在賈思潘的地圖上就用這個名字），展開他們此行最奇特的旅程。「黎明行者號」滑入花叢中，很快地，他們身後的廣闊大海成為西方地平線上一條藍色的細線，原來白茫茫的一片，現在抹上淡淡的一層金黃色，除了船尾部分撥開蓮花、留下一條彷彿深綠色玻璃的水道外，其他地方都呈現這種溫柔美麗的淡金色。放眼望去，這片海的盡頭很像北極。要不是他們的眼睛已經進化成像老鷹那樣銳利，照射在這一片白花上的陽光會令人無法忍受，尤其是清晨太陽初昇時。同時，每天黃昏這一片白也使得白晝維持得更久。這一片蓮花海似乎永無邊際，一天又一天，四周盡是無盡的蓮花，而且有一股露西無法形容的香味：甜甜的，但是不會令人昏昏欲睡，或令你無法忍受。它那清新、奔放、獨一無二的味道鑽進你的腦子裡，使你感覺你可以一口氣跑上山頂，或與一頭大象比賽摔角。她和賈思潘互相討論後異口同聲說：「我好像快要受不了，可是我又不願意它停止。」

他們不時測量水深，但是要過了好幾天後水才漸漸開始變淺。有一天，他們甚至必須以槳划出海流，以蝸牛般的速度緩慢地前進。不久，「黎明行者號」明顯地無法繼續往東前進了，只有借助於極巧妙的航海技術，才使他們免於擱淺。

「放下小船，」賈思潘人聲發令，「召集所有人員到甲板上來，我有話要宣布。」

「他要幹嘛？」尤斯提小聲對愛德蒙說，「他的眼神好奇怪。」

「我想我們大家都一樣。」愛德蒙說。

他們都到船尾集合，不一會兒工夫，所有人員都擠在樓梯底下聽國王發表談話。

「朋友們，」賈思潘說，「現在我們已經達成你們上船的目標，七位勛爵都已經找到了，老脾氣爵士已誓言不再回去，當你們回到拉曼杜島時，你們必定會發現雷維林勛爵、阿格茲勛爵，和馬拉蒙勛爵已經醒來。至於你，我的好臣子垂尼安勛爵，我將這艘船託付於你，以在你指揮下的速度回到納尼亞，最重要的，千萬別在死亡湖之島登陸。請你告訴我的攝政王矮人川卜金，將我所承諾的獎賞賜給這些我的航海夥伴。萬一我沒有再回去，請依照我的遺願，由攝政王、柯內留斯博士、松露高手，以及垂尼安勛爵共同推選一位納尼亞的新國王——」

「可是陛下，」垂尼安打斷他的談話，「您這是要退位嗎？」

「我要和老脾氣一起去看世界的盡頭。」賈思潘說。

船員之間彼此交頭接耳驚詫地低語。

「我們要用那艘小船，」賈思潘說，「你們在這段平靜的海上不需要用這艘小船，不過你們必須在抵達拉曼杜島後另外造一艘小船。現在——」

「賈思潘，」愛德蒙忽然嚴峻地說，「你不能這樣做。」

「確實，」老脾氣也說，「陛下不能這樣做。」

「不能？」賈思潘凶惡地說，他的眼神和他的叔叔米拉茲沒有兩樣。

「請求陛下原諒我要說的話，」萊尼站在甲板下方說，「如果是我們中任何一人說這種話，那就叫遺棄。」

「你說這話是逾越你的職權，萊尼。」賈思潘說。

「不，陛下！他說得很對。」垂尼安說。

「以亞斯藍之名，」賈思潘說，「你們都是我的臣民，不是我的學長。」

「我不是。」愛德蒙說，「我說你不能這樣做。」

「又『不能』了，」賈思潘說，「你這話是什麼意思？」

「請恕我無禮，我們的意思是您『不該』這麼做，」老脾氣深深一鞠躬說，「您是納尼亞國王，如果您不回去，您就是背棄您的所有臣民——尤其是川卜金——對您的信賴。您不該以自私的立場來滿足您個人的冒險樂趣。假如陛下您不聽從上述理由，那麼船上的每一個人都會本著最誠摯的忠誠，跟著我解除您的武裝，並將您拘禁起來，直到您恢復理智為止。」

「一點也不錯，」愛德蒙說，「就像尤里西斯他們在靠近賽倫島時那樣。」

賈思潘的手已經伸向他的劍鞘，這時露西說：「而且你向拉曼杜的女兒說你會回去。」

賈思潘猶豫了一下，「啊，是的，我是這樣說。」他頓了一下，這才大聲喝令：

「好了，都回去工作，問題結束了，大家都回去。把小船拉上來吧！」

「陛下，」老脾氣說，「我們不**全部**回去，我說過，我——」

「閉嘴！」賈思潘大發雷霆，「我雖然聽從教訓，但我可不會被引誘。誰來叫這隻老鼠閉嘴？」

「陛下承諾過，」老脾氣說，「要做納尼亞能言獸的好君王。」

「是啊，能言獸，」賈思潘說，「我才不跟多嘴的能言獸說話。」說著，他迅速跑下樓梯，怒氣沖沖地進入艙房，把門用力關上。

但是一會兒之後其他人也跟著進入艙房時，他們發現他變了，他的臉色蒼白，眼眶充滿淚水。

「沒有用的，」他說，「我還是乖乖的不生氣、不作威作福的好，亞斯藍剛才對我說話，不，我的意思不是他真的在這裡，他根本進不來，而是牆上那個黃金獅子頭活生生地對我說話，好可怕，他的眼睛。他也不是對我凶，只是開始時有點嚴肅，可是我一樣害怕。他說——他說——喔，我不能忍受，那是他說過最殘忍的話。他說你們要繼續往前走——老脾氣、愛德蒙、露西和尤斯提，我則要回去，一個人，而且要立刻回去。這一切**不都**白費了嗎？」

「賈思潘，親愛的，」露西說，「你知道我們早晚都必須回到我們的世界。」

「我知道，」賈思潘啜泣說，「可是太快了。」

「回到拉曼杜島時，你的心情就會好些了。」露西說。

過了一會兒，賈思潘的心情才稍稍好轉，不過雙方道別時都難分難捨，我這裡就不再多說了。大約下午兩點左右，他們在小船上裝好食物與飲水（雖然他們認為沒有必要攜帶食物與水），還有老脾氣的小皮筏後，便離開「黎明行者號」，繼續穿過一望無際的蓮花海。「黎明行者號」將所有的旗幟高高掛上，並掛起盾牌，以示隆重的告別。從小船上仰望「黎明行者號」，只見它高大的身影逐漸轉彎，緩緩地向西航行，一直到消失在視線之外。露西仍然忍不住流下眼淚，你很難體會她那一刻的心情，那光、那寂靜、那銀蓮海散發的香氣，甚至那無以名狀的寂寞，在在都令人心情激動。

他們不需要搖槳，因為海流將小船穩定地帶往東方。他們都沒有吃飯或睡覺，一整夜加上第二天一整天，他們都不停地往東滑行，到了第三天黎明時分，在耀眼的光線下——那種光線是你我戴上深色太陽眼鏡也無法忍受的——他們看見前方出現一個奇景。在他們與天空之間彷彿有一堵灰綠色的、不斷顫動、卻又會發亮的牆。不久太陽出來了，它的第一道光芒穿透這堵牆，將它映照出美妙的彩虹色彩，這時候他們才發現，原來這堵牆實際上是一道又高又長的海浪——一道永遠固定在一個地方的海浪，就好像你平常看到的瀑布一樣。它大約有三十呎高，海流正迅速地將他們的小船往那個方向送去。你也許會想他們一定會擔心安危，可是沒有，因為他們不但清楚看見海浪後面的景象，更可以看到太陽後面的景象。假如他們沒有喝海洋盡頭的水而加強了眼力，他們也不可能看見這一切奇景，但現在他們不但可以直視太陽，還可以清楚地看到太陽以外的地方。他們看到——往東方，太陽再過去的地方——一群山脈，它們高到看不見山頂（要不就是他們看到但是忘記了），他們也都忘了看那個方向的天空。對任何比它矮五分之一的山來說，以這樣的高度，山頂上一定會有冰和積雪，但是這些山脈卻是綠意盎然，而且在你所能看到的高度，處處都可見森林和瀑布。忽然間，從東方吹來一陣微風，將海浪頂端吹出一片泡沫，並吹皺他們附近平靜的海面。這雖然只是一、兩秒鐘的事，卻使三個孩子留下永難磨滅的印象。它不但帶來香氣，也帶來音樂般美妙的聲音。愛德蒙與尤斯提事後都無法用言語形容，露西也只能形容：「它美得令人心碎。」「為什麼？」我說，「它有那麼令人哀傷嗎？」「哀傷?!不！」露西說。

小船上的每一個人都深信，他們已經看到世界的盡頭再過去的亞斯藍國度。

這時「喀嚓」一聲，小船擱淺了，水太淺，小船無法繼續航行。老脾氣說：「從這裡開始，我要獨自前進。」

他們都沒有阻止他，因為眼前的一切都讓人覺得是命運早就安排好的，或是以前曾經發生過那麼自然。他們幫他把小皮筏卸下，他取下他的劍（「我不需要它了。」他這樣說）用力拋向蓮花海，劍身直挺挺地立在花海中，劍柄直指向天，然後與他們道別，為了不使他們難過，他故意裝得很哀傷，其實他高興得直顫抖。露西頭一次，也是最後一次做她一直想做的事，她將老脾氣擁在懷裡，溫柔地撫摸他。然後他坐上小皮筏，開始搖槳，海流將它帶走，他那黑色的身影在白色蓮花的映照下顯得更突出，不過海浪上方沒有蓮花，有的只是平滑的綠色斜坡。小皮筏越來越快，姿態優美地衝上海浪邊緣，一眨眼的工夫，他們看到老脾氣已經衝上浪頂，立刻又不見蹤影。從那以後，再也沒有人真正看見過老鼠老脾氣，但我相信他已經安然抵達亞斯藍的國度，並且一直生活到今天。

當太陽昇起後，那些世界盡頭之外的山脈也隨之消失了。海浪依舊高高矗立著，但是它的後面只有藍色的天空。

孩子們離開小船涉水步行——不是朝向海浪，而是往南順著左側的海浪邊緣。他們也說不出為什麼要往那個方向，一切都是命運的安排。他們雖然覺得自己在「黎明行者號」上的表現十足像個大人，此刻卻恰恰相反，因此他們彼此手牽著手涉水穿過蓮花海。這裡的海水漸漸變溫暖了，水也越來越淺，最後他們終於走上乾燥的沙地，接著又來到一片草地——一片長著非常漂亮短草的草原，它幾乎與銀蓮海的海平面等高，而且向四面八方擴展。

和其他沒有樹木的平地一樣，這片草原望過去也彷彿與天際相連。他們在草原上走著走著，忽然有個奇異的感覺，這裡確實是天空與土地連接的地方——看那藍天好像一堵牆，非常耀眼，卻是真實不虛，比任何其他東西都更像玻璃。不久他們更確定了，地連天的地方快到了。

這時他們發現就在天空與他們腳下之間的草地上，有一個白白的東西，這個東西白到連他們的鷹眼都看不清，他們繼續往前走，這才看出原來是一隻小羊。

「過來吃早餐吧。」小羊以甜美的嗓音咩咩地說。

他們這時才注意到草原上生了一堆火，火上正烤著香噴噴的魚。他們坐下來吃魚，幾天以來第一次覺得肚子餓，烤魚吃起來簡直是人間美味。

「小羊，請問，」露西說，「這裡是通往亞斯藍國度的途徑嗎？」

「對你們來說不是，」小羊說，「你們通往亞斯藍國度的門戶就在你們的世界。」

「什麼？」愛德蒙說，「我們的世界也有通往亞斯藍國度的途徑？」

「世界各地都有途徑通往我的國度。」小羊說著，牠身上雪白的毛漸漸變成金黃色，牠的體型也漸漸變大，終於變成亞斯藍。他高高在上地往下望著他們，身上的鬃毛散發出光芒。

「啊，亞斯藍，」露西說，「你能告訴我們，如何從我們的世界進入你的國度嗎？」

「我會時時告訴你們，」亞斯藍說，「但我不會告訴你們這條途徑是長或短；我只能說它在一條河的對面。但是不要怕，因為我就是偉大的造橋師。現在跟我來，我要打開天空之門，送你們回去你們的國度。」

「且慢，亞斯藍，」露西說，「在我們回去之前，請你告訴我們什麼時候我們能再度回到納尼亞？而且，拜託、拜託，請你讓我們早一點去。」

「親愛的，」亞斯藍溫柔地說，「妳和妳的哥哥都不能再回到納尼亞了。」

「喔，**亞斯藍**!!」愛德蒙與露西都同時失望地驚呼。

「你們長大了，孩子們，」亞斯藍說，「你們必須開始接近你們自己的世界了。」

「我們不是為了納尼亞，」露西嗚咽著說，「而是為了你，我們不能再見到你，這教我們如何活下去？」

「你們會再見到我的，親愛的。」亞斯藍說。

「你也會在我們的世界現身嗎？」愛德蒙說。

「我會的，」亞斯藍說，「不過我會改名，你們必須學會藉著那個名來認識我。這也是你們被引到納尼亞的主要原因，在那裡認識我一點，便能在這裡多認識我一些。」

「那尤斯提也不能再回去了嗎？」露西問。

「孩子，」亞斯藍說，「妳真的要知道那麼多嗎？來吧，我要打開天空之門了。」說完，天空忽然出現一道打開的藍牆（好像窗簾一樣拉開的牆），從裡面射出一道極強的光線。他們觸摸到亞斯藍的鬃毛，又感覺亞斯藍在他們的額頭上輕輕一吻，接下來——他們回到劍橋雅貝姐姨媽家的客房了。

這裡還有兩件事要交代。一件是賈思潘和他的手下都安全回到拉曼杜島，四位勛爵也都從睡夢中醒來。賈思潘娶了拉曼杜的女兒為妻，他們最後回到納尼亞，她成為一位了不起的王后，成為許多偉大的納尼亞國王的母親、祖母、曾祖母。另外一件事是回到我們的現實世界後，大家都說尤斯提變乖了，「變得判若兩人」，只有雅貝姐姨媽說他變得平凡又討人嫌，一定是受到皮芬家小孩的影響。

納尼亞傳奇

全紀錄

《納尼亞傳奇》原著小說在地球上
銷售超過 100,000,000冊

英國年度票選 打敗哈利波特
榮登最佳讀物第一名

被翻譯41種以上的語言，
在大人與孩子的讀書計畫中掀起閱讀風潮

★重量推薦

【空中英語教室及救世傳播協會創辦人】彭蒙惠

【靈糧神學院院長】謝宏忠牧師

【名作家】楊照

【名譯者】倪安宇

【基督之家】寇紹恩

【兒童文學作家】林良

【兒童文學工作者】幸佳慧

★攻占各大排行榜

2005 博客來網路書店百大

2005 誠品書店年度童書暢銷排行榜

2006 英國圖書館館長票選必讀童書第一名

2008 英國 4000 名讀者每年年度票選最佳讀物第一名

★全球票房保證電影改編

2005 年 12 月《獅子 · 女巫 · 魔衣櫥》改編電影上演

2008 年 6 月《賈思潘王子》改編電影上演

2010 年 12 月《黎明行者號》改編電影上演

納尼亞傳奇 105

黎明行者號（恩佐插畫封面版）

作　　者—C・S・路易斯
譯　　者—林靜華
出 版 者—大田出版有限公司
台北市一〇四四五中山北路二段二十六巷二號二樓
E-mail—titan@morningstar.com.tw http://www.titan3.com.tw
編輯部專線—（02）2562-1383 傳真：（02）2581-8761
總 編 輯—莊培園
副總編輯—蔡鳳儀
行政編輯—林珈羽
行銷編輯—陳映璇
校　　對—黃薇霓
封面設計—王志峯
內頁設計—陳柔含
三版初刷—二〇一九年十一月一日　定價：二五〇元
三版二刷—二〇二二年一月十九日
網路書店—http://www.morningstar.com.tw（晨星網路書店）
TEL：04-23595819 FAX：04-23595493
購書E-mail—service@morningstar.com.tw
郵政劃撥—15060393（知己圖書股份有限公司）
印　　刷—上好印刷股份有限公司
國際書碼—978-986-179-577-5 CIP：873.57/108014430

國家圖書館出版品預行編目資料

黎明行者號／C・S・路易斯著；林靜華譯．
——初版——臺北市：大田，2019.11
面；公分．——（納尼亞傳奇；105）

ISBN 978-986-179-577-5（平裝）

873.57　　108014430

法律顧問：陳思成